双葉文庫

口入屋用心棒

目利きの難

鈴木英治

目次

目利きの難　口入屋用心棒

第一章

一

緑色の液体が、わだかまるようにして底に残っている。

それを飲み干そうとして、佐賀大左衛門《さがだいざえもん》は手を止めた。

足音が耳に届いたからだ。部屋の前でそれは消え、ひと呼吸置いて、旦那さま、と声がかけられた。

うむ、と大左衛門は答え、手にしていた茶碗を畳の上の茶托《ちゃたく》に置いた。

腰高障子《こしだかしょうじ》が横に滑り、佐治彦《さじひこ》が誠実そうな顔をのぞかせた。廊下に膝をついている。

「岩清水《いわしみず》さまのご用人、おいででございます」

六十も半ばを過ぎているとは思えない響きのよい声で告げた。

それを聞いて、おや、と大左衛門は思った。

「いらしたのはご用人だけなのかな」

「はい。供をお一人、連れていらっしゃいますが」

話がちがうな。

大左衛門は胸中で首をひねった。

「わかった。客間にお通ししてくれ」

大左衛門は穏やかな声で命じた。

「承知いたしました」

一礼した佐治彦が、腰高障子を閉じようとする。

「待て、佐治彦」

はっ。腰高障子にかかっていた手が敷居際に置かれた。

「わしの見栄えが悪くないか、ちと見てくれぬか」

「お安い御用でございます」

どれ、と小さな声を発し、大左衛門は立ち上がった。

旗本七百八十石の岩清水家の者と会うからといって、大左衛門は別によそ行きの着物を身につけているわけではない。誰に会うにしろ、身なりに気をつかうのは、人として最低の礼儀であろう。

大左衛門の立ち姿を見て、佐治彦がにっこりと笑う。

「いつものように、お着物はとても似合っていらっしゃいます」

「隙はないか」

「少しだけございます。腰のあたりに、わずかな緩《ゆる》みが見えております」

「それでよい」

大左衛門は笑みを浮かべていった。

「一分の隙もないなど、ただ堅苦しいだけだからな」

「でしたら旦那さまは、普段と変わらない、ゆったりとした大人《たいじん》の雰囲気をたたえておられます」

「それはうれしい言葉だな」

「では、岩清水さまのご用人を客間にお通ししてまいります」

音もなく腰高障子が閉じられ、実直な下男の顔が消えた。

立ったまま大左衛門はもう一度、自分の身なりをじっくりと見下ろした。薄墨《うすずみ》色の半着《はんぎ》の上に焦《こ》げ茶《ちゃ》色の袖無《そでな》し羽織《ばおり》を着込み、芥子《からし》色の野袴《のばかま》を穿《は》いている。

うむ、これならよかろう。

心中で深くうなずいた大左衛門は座り直し、畳の上の茶碗を持ち上げた。茶を飲み干し、腰を上げた。

腰高障子を開けて、廊下を歩き出す。

つと時の鐘が鳴りはじめた。足を動かしつつ大左衛門は耳を澄ませた。

あれは浅草寺《せんそうじ》の鐘である。夕の七つを告げる鐘であろう。岩清水家の者は、約束の刻限の少し前にちゃんとやってきたのだ。

捨て鐘が鳴り終えたところで、大左衛門は足を止めた。山並みの向こうに夕日を浴びた小さな富士山が描かれた襖《ふすま》の引手に、そっと指を当てる。

「佐賀大左衛門にござる」

襖の向こう側に向かって、大左衛門は控えめな声を発した。時を告げる鐘の音が、ゆかしげに響いている。

「失礼いたす」

一声上げて静かに襖を開けた大左衛門は、端座《たんざ》している男に一礼した。

顔を上げた男が居住《いず》まいを正し、大左衛門を迎える。一応、座布団は用意してあるが、男はそれを使っていない。茶も置いてあるが、蓋《ふた》はされたままだ。

大左衛門も座布団を後ろに引き、畳にじかに座った。

時の鐘の撞《つ》かれる間隔が徐々にせばまっていく。これは鐘撞き守が、一つ打つたびに速くしていっているのだ。

「それがし、佐賀大左衛門にござる」

会釈《えしゃく》気味に頭を下げ、大左衛門は改めて名乗った。

茶碗を横にそっとどけて、目の前の男が畳に両手をそろえた。

「三船象二郎《みふねしょうじろう》と申します。岩清水家の用人をつとめております。どうか、お見知り置きを」

唐突な感じで時の鐘が鳴り止み、客間は静寂の幕に包まれた。

「こちらこそ、よろしくお願いいたす」

落ち着いた声音でいい、大左衛門は象二郎の顔を遠慮がちに見やった。

ずいぶん青白い顔をしている。病にかかっているのではないか、と思わせるほどだ。

眉と目のあいだがほとんどなく、彫りの深い顔立ちをしているが、眉間《みけん》に太いしわが盛り上がっているせいで、少し気むずかしそうな感じを与える。

切れ長の目には強い意志の光が宿り、口元はほどよく引き締められている。役者がつとまりそうな美男といってよく、顔色の青白さが男ぶりを引き立てている。歳の頃は四十代半ばというところだろうか。

底光りする瞳で、象二郎も大左衛門を見返していた。

「佐賀さまにはお忙しいところ、お時間をいただき、恐悦至極《きようえつしごく》に存じます」

目の光を和《やわ》らげて象二郎が頭を下げた。

「忙しいというほどのことはないのでござるが……」

大左衛門が言葉を濁すと、象二郎が、はっとした顔つきになった。

「それがしが、ただ一人でまいったことを、佐賀さまはいぶかしく思うておられるのでございますな」

先日かわした約束では、用人だけでなく当主の図書之助《ずしよのすけ》も来ることになっていたのだ。

「申し訳ございませぬ」

額《ひたい》を畳につけるように象二郎が平伏する。

「我があるじの図書之助は、本日こちらに足を運ぶことがかないませんでした」

「三船どの、お顔をお上げくだされ。——かなわなかったとおっしゃると、急な用事でもできたのでござろうか」

いえ、と憂《うれ》いの色を表情にあらわして象二郎が首を横に振った。

「今朝、あるじはにわかに高熱を発しまして、ただいま床に臥《ふ》せっております」

えっ、と大左衛門は眉を曇らせた。

「高熱でござるか。それは心配にござるな。——三船どの、こたびの御用の件、後日に回してもそれがしはまったく構いませぬぞ」

「実にありがたきお言葉なれど、できるだけ早いうちに、というのがあるじのたっての希望でございます」

「さようでござるか。して、岩清水どのの具合はいかがにござろう」

事前に話を聞いたところによれば、図書之助はまだ二十歳のはずである。蒲柳《ほりゅう》の質《しつ》なのだろうか。

「早々にお医者に診ていただきましたが、季節の変わり目ということもあり、少し疲れが出たのであろう、との見立てでございました。一日二日、静養すれば、すぐによくなるとのことでございます」

「その程度で快復されるのなら、なによりでござるが……」

「佐賀さまにはご配慮をいただき、まことにかたじけのうございます」

「——ところで三船どの、こたびのご依頼は、刀の目利《めき》きということにござったな」

象二郎が首肯《しゅこう》する。

象二郎に目を据えて大左衛門はたずねた。はっ、と象二郎が首肯する。

「さようにございます。佐賀さま、ただいまよりご覧いただけるのでございますか」

「むろん」

「ありがたき幸せ」

ほっとしたように、象二郎が肩から力を抜いた。

「当代一の刀剣の目利きと名高い佐賀さまに鑑定をお頼みしたいのは、こちらにございます」

体を後ろに回した象二郎が刀袋を一つ手に取り、大左衛門の目の前にうやうやしく置いた。

同じ仕草がさらに二度繰り返され、大左衛門の前には三つの刀袋が並んだ。

「この三振りを佐賀さまにご覧いただきたく、持参いたしました」

「では、拝見いたしましょう」

「よろしくお願いいたします」

一礼した大左衛門は三振りのうち、最も右側にある刀袋に手を伸ばした。刀袋から刀を取り出し、鞘《さや》と拵《こしら》えに目を落とす。

柄《つか》は黒糸で巻かれており、鞘は梅花皮鮫塗《かいらぎざめぬり》である。

——これはまた、ため息の出そうなほど見事な柄と拵えではないか。

大左衛門は心中でうなった。これはよほどの名刀が、鞘におさまっているのではないか。

一刻も早く刀身を目の当たりにしたい、という気持ちを抑え込み、大左衛門はほかの二振りも慣れた手つきで刀袋から取り出した。

一振りは柄が緑糸で巻いてあり、もう一振りは白糸である。鞘はそれぞれ錆地《さびじ》塗《ぬり》、石目塗《いしめぬり》というもので、その美しさに目を奪われた。

この二振りも途轍《とてつ》もない刀なのではないか。

目の前の三振りを見つめているうちに、大左衛門は胸がどきどきしてきた。まだ刀身を見たわけでもないのに、早く目の当たりにしたいという思いが突き上げてくる。

冷静になれ。

自らにいい聞かせて大左衛門はすっくと立ち上がり、庭に面した腰高障子を開けた。

深い木立越しに、大きく傾いた太陽が眺められる。客間に、夕刻の柔らかな光が流れ込んできた。

——これでよし。

刀の手入れをするときは夕刻がよい、といわれている。この時分の陽射しはまぶしすぎることがなく、刀身をじっくり見るのに光の加減がちょうどよいからだ。刀の鑑定も同然である。

「失礼いたした」

象二郎に断って再び正座した大左衛門は、まず黒糸の柄と梅花皮鮫塗《かいらぎざめぬり》の鞘の拵えの刀を抜いてみた。

「——これは」

刀身を見つめた大左衛門は口を呆《ほう》けたように開け、そのあとの言葉が続かなくなった。

身幅《みはば》は広く、刀身の肉は薄いが、刃《やいば》の強靱《きょうじん》さは一目でわかる。

刃文《はもん》は尖《とが》り互《ぐ》の目《め》である。

「これは三本杉……」

杉並木のように、刃文がぴんと伸びて並んでいる。刃文と地肉の境を匂《にお》い口《ぐち》というが、そこはくっきりしている。

「匂いは実によく締まっておる」

刀に用いられる語を大左衛門はつぶやいた。

鍛《きた》えは、板目が流れて鎬《しのぎ》地に柾目《まさめ》が入っている。

刃長は二尺四寸近いだろう。正確には二尺三寸九分というところか。手にしたときの釣り合いもすばらしい。

「佐賀さま、刀工が誰か、すでにおわかりになったようでございますね」

遠慮がちに象二郎が声をかけてきた。大左衛門が顔を上げると、こちらを瞬きのない目で凝視していた。

「もちろんでござる」

よどみなく大左衛門は答えた。

「最上大業物《おおわざもの》にござる。二代目兼元《かねもと》、いわゆる関《せき》の孫六《まごろく》の作刀でござろう」

「その通りにございます」

象二郎が大きくうなずいてみせる。

「佐賀さま、本物でございましょうか」

「まさしく本物にござる」

関の孫六であることに、大左衛門は揺るぎのない確信を抱いている。

「これぞ関の孫六といわれる、三本杉の刃文が見事にあらわれておりもうす。ほれ、もっとも高い杉の木の尖端が、ゆるやかな円を描いておる。この微妙な流れはまさしく孫六にござる。刃文の浮き上がりや並びは絶妙としかいいようがなく、これほどの業物は滅多にございますまいな。それがし、久方ぶりにこれだけの関の孫六を目にいたしましたぞ」

興奮をあらわに大左衛門はいった。

「さようでございますか」

満足げな吐息を象二郎が漏らす。

震えそうになる手で目釘《めくぎ》を外し、大左衛門は銘《めい》を見た。茎《なかご》には兼元と彫ってある。

「この銘にも特徴がござる。『兼』という字の肩が張り気味であることがまず一つ。『元』の字の一画目がほぼ横向きに切られ、四画目はわずかに下のほうから切られている。これらは関の孫六の作刀であることを示す、紛《まぎ》れもない徴《しるし》にござる」

うむ、と深くうなずいた大左衛門は目釘を入れた。関の孫六を鞘にしまおうとしたが、思いとどまり、刀身をじっと見る。

こうして見つめていると、刀身に魂が引き込まれそうになる。関の孫六は斬れ味のすさまじさを謳われるが、それも納得のいく刀身である。

名残《なごり》惜《お》しかったが、大左衛門は関の孫六を鞘に丁重《ていちょう》におさめた。刀袋にしまい込み、畳の上に置く。

「では、こちらを拝見させていただこう」

——次は、いったいどのような刀を目にできるのか。

大左衛門は胸の高ぶりを抑えきれない。

こんなざまでは目利きはできぬぞ。三船どのにも、うぶな男とみられて信用されぬ。しっかりせい。

おのれを叱咤《しった》し、大左衛門は何度か深い息をすることで気持ちを落ち着かせた。

緑糸の柄と錆地塗の鞘の刀を手にした。すらりと抜く。

むう、と大左衛門はうなった。

こちらも文句なしの出来である。刃長は二尺二寸九分ほどだろう。関の孫六より一寸ほど短い。

「これは、天下五名刀の一つ鬼丸《おにまる》の作刀で名を知られた粟田《あわた》口国綱《ぐちくにつな》の作でござるな」

「はい、さようにございます。——本物でございますか」

「紛れもなく」

ほかにいいようがなく、大左衛門は言葉少なに答えた。

関の孫六と同様、目が刀身に吸いついて離れない。鉄色が明るく、刃沸《はにえ》が目立って強い。刃文は浅く波打っている。これは湾《のた》れ、といわれるものだ。

丁子《ちょうじ》の実が折り重なったように見えるため、そのたとえのまま丁子と呼ばれるが、刀身の上半分に大丁子が入っている。下半分は乱れ刃となって、激しさを感じさせる沸《にえ》がついている。

「これもまた、実に見事な一振りでござるのう。まさしく鬼丸を彷彿《ほうふつ》させるつくりでござるよ」

何度か首を振って、大左衛門は感嘆の声を放った。

「それがしも、粟田口国綱でもこれだけの物はそうはないと思っておりましたが……」

肩の荷が下りたというような顔を、象二郎はしている。

粟田口国綱の銘も大左衛門は確かめてみた。こちらは、国綱、と茎に切られている。

大きくうなずいて大左衛門は刀を鞘におさめ、刀袋に丁寧にしまい入れた。

三振り目の白糸の柄と石目塗の鞘の刀を手に取る。すらりと抜き、夕方の光に刀身をかざした。

これもすばらしいとしかいいようがない。

「二代目兼定《かねさだ》でござるな」

一目見て大左衛門は断じた。和泉守《いずみのかみ》兼定の中では、二代目が最も名を知られている。兼定は初代と三代もいるが、この二人は二代目ほどの腕ではないといわれている。

これもため息しか出ないつくりである。

刃長は二尺四寸一分ほどだろう。重《かさ》ねは厚く、身幅は広く、豪壮《ごうそう》なつくりだ。地鉄《じがね》がよく練《ね》れている。

刀身は冴え冴えとしており、ほのかにしっとりとした感じがある。刃文はゆったりと大波のように流れ、互の目丁子をまじえている。

茎には兼定とあった。

『定』という字のうかんむりの下に『之』と銘を切ることから、二代目兼定は

『のさだ』と称される。

「地、刃ともによく冴え渡っておりますな。ほれぼれいたしますぞ」

これが鑑定であることを忘れ、大左衛門はつい見とれてしまった。

和泉守兼定は孫六兼元に比べたら、刀剣の好事家《こうずか》のあいだでは人気が少し落ちるが、これは孫六という名の縁起のよさからくる差でしかない。兼元家の屋号である孫六の〝ろく〟は禄に通じ、子々孫々まで禄が頂戴できるということか。

孫六兼元と二代目兼定は同じ濃州《のうしゅう》関《せき》の出といわれているが、どちらも甲乙つけがたい技量の持ち主である。

「この二代目兼定も紛れもなく本物でござる」

きっぱりといいきった大左衛門は和泉守兼定も刀袋にしまい込み、畳の上に静かに横たえた。ふう、と大きく息をつき、岩清水家の用人を見やる。

「いずれも、すばらしいとしかいいようがない三振りでござる。実に眼福《がんぷく》でござった」

感に堪《た》えないという思いを大左衛門は面にあらわにしている。

「これほどの物を三振りも所持されているなど、岩清水どのが心底うらやましゅうござる」

これはうわべだけの言葉ではない。大左衛門の本音である。

「三船どの、ちとおたずねするが、これらはいずれも岩清水家伝来のお宝でござるか」

畳に並んだ三つの刀袋に目をやって、大左衛門は象二郎にきいた。

象二郎は思わせぶりな笑みを頬にたたえただけだ。

「――実は佐賀さま」

笑みを消し、象二郎が背筋を伸ばした。

「本物と佐賀さまから太鼓判《たいこばん》をいただいた今、我が岩清水家は、これを進呈したいと考えております」

「進呈とな。どちらにでござろうか」

――まさか、わしにということはなかろうな。

「遠藤信濃守《えんどうしなののかみ》さまにございます」

大左衛門の期待を砕くように象二郎がきっぱりといった。

それはそうであろうな、と大左衛門は思った。これだけの刀をもらえるなどと、意味もなく期待するほうがどうかしている。

うおっほん、と大左衛門は照れ隠しに咳払いをした。

「遠藤信濃守さまといわれると、若年寄をつとめておられる遠藤さまにござるな」

確かめるまでもなかったが、大左衛門はあえて問うた。

「さようにございます」

象二郎がうなずく。遠藤家の当主である信濃守盛定《もりさだ》は、刀集めを趣味としており、実際に多くの名刀を所持している。

これほどの名刀を進呈するというのは、と大左衛門は察した。きっと猟官《りょうかん》のためであろうな。

神田同朋町《かんだどうぼうちょう》に屋敷を構える岩清水図書之助は、いま小普請《こぶしん》の身だと聞いている。その身分から脱するために、岩清水家では最上の名刀を幕府の有力者に献上することに決めたのだろう。

「こちらの三振りすべてを進呈するのでござるか」

大左衛門の問いに、いえ、と象二郎がかぶりを振った。

「そこまではさすがにできませぬ。気持ちとしては、したいところでございますが」

いくら猟官が大事とはいえ、確かにこれほどの名刀を一度に三振りとも手放すなど、できようはずもない。一振りで十分な効力を発揮するのではあるまいか。

真剣な顔で、象二郎が大左衛門を見つめてきた。

「佐賀さまは、遠藤信濃守さまと昵懇《じっこん》の間柄とうかがっております。率爾《そつじ》ながら、そこを見込んで、こちらに足を運ばせていただきました」

なるほどな、と大左衛門は思った。象二郎が続ける。

「佐賀さまならば遠藤信濃守さまの刀のお好みがいかようなものか、きっとご存じにちがいない、とそれがし、勘考《かんこう》した次第でございます」

象二郎の率直な態度に、大左衛門は好感を抱いた。

つまり、どの刀を遠藤信濃守に献上すれば最も効力を発揮するか、象二郎は知りたいということなのだ。

いかにもやり手の用人という雰囲気を、象二郎は漂わせている。若いあるじの図書之助を守り立てたいという思いに満ちているのだろう。

なんとかして小普請から抜け出せぬものか、と強く願っているのだ。

「なるほど、三船どののご心情はよくわかりもうした」

いずれ劣らぬ三振りの名刀が入った刀袋を見つめ、大左衛門はしばし沈思した。

どれがよいだろうか。この三振りのうち、いずれが最も図書之助どのの猟官に一番の効き目を持つだろうか。どの刀を贈れば遠藤信濃守さまの心に最も強く響くだろうか。

不意に、大左衛門の心をよぎった光景があった。

「そういえば」

といって大左衛門は膝を打った。

「関の孫六がよろしいのではありませんかな」

「関の孫六でございますか」

真剣な顔で象二郎がきく。

「さよう。遠藤信濃守さまは以前、孫六を佩《は》いてみたいとおっしゃっていたゆえ。なんでも、戦国の昔、武田勢の大軍に囲まれた三河長篠城《みかわながしの》からの脱出譚で知られる鳥居強右衛門《とりいすねえもん》も、孫六兼元を所持していたそうにござってな。遠藤さまは、その武勇にあやかりたいというお気持ちがあるようにござる」

「ほう、鳥井強右衛門が孫六兼元を所持していたのでございますか。それは知りませんでした」

「鳥井強右衛門だけではない。梟雄《きょうゆう》といわれた美濃《みの》の斎藤道三《さいとうどうさん》も娘の濃姫《のうひめ》を織《お》田信長公《だのぶなが》に輿入《こしい》れさせた際、関の孫六を贈ったそうにござる。早く六人の孫の顔を見せるように、との親心と伝わっておりますな」

「ほう、蝮《まむし》といわれる斎藤道三にも、そのようなあたたかな気持ちがあったとは。――佐賀さま、遠藤信濃守さまは関の孫六をお持ちではないということでございますな」

象二郎に問われて、大左衛門は深く顎を引いた。

「さよう。遠藤さまは、まだ手に入れておられぬのではないかと存ずる。こちらの粟田口国綱も和泉守兼定もすばらしい出来ゆえ、進呈すれば喜ばれること疑いなしでござるが、この両者の作刀は、遠藤さまはすでに所持されているのではござらぬかな」

「それはよいことをうかがいました」

象二郎の顔には、大役を果たしたという思いが浮かんでいるように見える。

「佐賀さま。では遠藤信濃守さまには、関の孫六を進呈することにいたします」

「それがよろしいと存ずる」

口元に笑みを刻んで大左衛門は答えた。

「佐賀さま、まことにありがとうございます。本当に助かりました」

感激の面持ちで、象二郎が深々とこうべを垂れた。

「いえいえ、礼には及びませぬ。それがしは少しでもお役に立てれば、それでよいのでござるよ」

本心から大左衛門がいうと、安堵《あんど》の思いをたたえた目で象二郎が見つめてきた。

「佐賀さまをお訪ねいたし、それがし、心よりよかったと思うております。——これは些少《さしょう》にございますが」

懐から袱紗《ふくさ》包みを取り出し、象二郎が大左衛門の前にそろりと滑らせた。

「これはご丁寧に。では、遠慮なく」

一礼した大左衛門は袱紗包みを脇に置いた。

大左衛門は、刀剣の鑑定は一振り五両で受けている。今日は三振りなので、十五両が入っているのではあるまいか。

そのあたりの事情は、象二郎は前もって調べてきているはずである。

では、と象二郎がいった。

「それがしは、これにて失礼させていただきます。本日の一部始終を、一刻も早くあるじに聞かせてやりたいと思っております」

「それがよいでしょう。図書之助どのもきっとお喜びになろう」

「本日はまことにありがとうございました」

大左衛門に向かって辞儀をした象二郎が、畳の上に置かれた三振りの名刀をいとおしそうに手に取り、襖に向かう。素早く客間を横切った大左衛門は、象二郎のために襖を開けた。

「これは畏《おそ》れ入ります」

腰を折って廊下に出た象二郎が玄関へ歩き出す。そのあとを大左衛門はついていった。

玄関から外に出ると、西の空に沈みかけた夕日の最後の一筋が象二郎の頬に当たった。

おや。我知らず大左衛門は声を上げそうになった。夕日を浴びて橙《だいだい》色に見えるはずの象二郎の頬が、むしろ青さを増しているように見えたのだ。

これはいったいどうしたことか。三船どのは、やはり体の具合がよくないのではあるまいか。

そんな危惧を大左衛門は抱いたが、口に出せるようなことではなかった。

門まで行くと、そこには象二郎の供がいた。若い男である。まだ二十歳になっていないのではあるまいか。どうやら若党《わかとう》のようだ。足軽《あしがる》よりも身分は上である。

「では、これで失礼いたします」

また象二郎が大左衛門に向かって深く頭を下げた。若党も象二郎にならった。

徐々に暗さが増していく中、大左衛門は、若い従者を連れて遠ざかる象二郎を見送った。

二つの影が見えなくなるまで門前にたたずみ、それからきびすを返した。

ゆったりとした足取りで大左衛門は書室に戻った。ふう、と大きく息をつき、文机《ふづくえ》の前にどかりと座り込む。

名刀に当てられたのか、妙な疲れが全身にある。

それとも、この疲労は三船象二郎の気によるものなのか。

とにかく、と大左衛門は思った。このまま寝転んで目を閉じたら、さぞ気持ちがよいのではあるまいか。

その気持ちを抑え込み、大左衛門はすっかり暗くなった部屋に明かりを灯《とも》した。引出しから帳面を取り出し、いつものようにその日の出来事を記しはじめる。

墨が乾くのを待って、大左衛門は帳面を閉じた。それを合図にしたかのように、旦那さま、と腰高障子越しに佐治彦が響きのよい声をかけてきた。

「お茶をお持ちいたしました」

「そいつはありがたいな」

ちょうど喉《のど》が渇《かわ》いていた。

行灯《あんどん》の炎をわずかに揺るがせて部屋に入ってきた佐治彦が、どうぞ、と茶托を畳に置き、その上に茶碗をのせる。

両手ですっぽりと包み込んで、大左衛門は茶碗をのぞき込むようにした。わずかに湯気を上げている緑色が実に美しい。心が洗われるようだ。

飲むのがもったいないような気がしたが、大左衛門は茶碗に口をつけた。苦みが口中に広がったあと、すぐに甘みを感じた。

やはり茶というのはうまいな。

気持ちがほっこりと温まり、大左衛門はしばし疲れを忘れた。佐治彦の心遣いがありがたかった。

二

疲れを覚えている。

刻限は、すでに四つに近い。

普段なら床に入っている頃だが、今宵はまだ眠るわけにはいかない。

文机の横に置かれた行灯が静かに炎を揺らめかせ、象二郎の手元が明るくなったり、暗くなったりする。

それにしても、と文机に置かれた『大学《だいがく》』に目を落として象二郎は思った。これだけの疲労を感じているのは、佐賀大左衛門という稀代《きだい》の通人《つうじん》と会ったゆえだろうか。

そうとしか考えられぬ。

まだ二十代半ばと若いのに、人としての重みが他者とは明らかに異なっていた。

中身がぎゅっと詰まっているというのか、常人とはまったくちがう迫力を全身から醸《かも》し出していた。

ふう。象二郎は吐息を漏らした。このまま畳の上に横になれたら、どんなに気持ちよいだろう。

客人はまだ来ない。少し遅いような気がする。五つ半には来るということだったが、なにかあったのだろうか。

だが、ここは待つしかない。時を潰すために先ほどから象二郎は『大学』を読もうとしているが、頭に文字が入ってこない。

目を閉じ、まぶたをぐいぐいと揉《も》んだ。

ふと、背後で気配がうごめいた。行灯の炎がざわめくように揺れている。

はっ、として象二郎は振り返った。

いつの間にか、畳に一人の男が座していた。忍び頭巾《ずきん》とおぼしき物をかぶり、黒装束《くろしょうぞく》で全身をかためている。

「何者っ」

目を大きく見開いて、象二郎は声を発した。屋敷中に響かないように声を抑え気味にしたのは、ひょっとしてこれが客人ではないか、という思いがあったからだ。

刀は床の間の刀架《とうか》に掛けてあり、手は届かない。座しつつも象二郎は、腰の脇《わき》差《ざし》をいつでも引き抜けるように身構えた。

「手前は采謙《さいけん》の使いにござる」

黒装束の男が静かに答える。

「采謙どのの使いとな」

少しほっとしたが、象二郎は脇差から手を離さない。

「采謙どのが来るのではなかったのか。采謙どのはどうした」

脇差の柄《つか》を柔らかく握り、象二郎は咎《とが》める口調でただした。

「申し訳ない。采謙は、急な商談が入りましてな」

「急な商談だと。わしよりも、そちらのほうが大事ということか」

「我らにとって、お客はすべて大事なのですよ。今宵、三船さまは、注文された品を手にできればよいのではありませんか」

確かに誰が来ようとも、と象二郎は思った。注文の品物を入手できさえすればよい。

「おぬしは何者だ」

目を離さずに象二郎は問うた。

「采謙を頭《かしら》と仰いでいる者」

「手下ということか。名は」

「それはよいでしょう。——三船さま、さっそく品物をご覧になってください」

ひょうひょうといって、男が背中から荷物を下ろした。

畳の上に並んだのは、三つの刀袋である。三つとも、中には真剣が入っているはずだ。

「ところで、三船さま。関の孫六、粟田口国綱、和泉守兼定のうち、どれを進呈するか、決まったのですか」

なぜ偽物の刀を必要としているのか、注文の際に采謙にきかれ、象二郎は正直に話した。だが誰に贈るつもりでいるか、そこまでは話していない。

「関の孫六に決まった」

「さようですか。では、こちらを——」

いちばん左に置いてある刀袋を、男はそっと滑らせた。

「ご覧になってくだされ」

うむ。軽く頭を下げて象二郎は刀袋を手に取り、中身を取り出した。柄は黒糸で巻かれ、鞘は梅花皮鮫塗《かいらぎざめぬり》である。

大したものだな、と象二郎は思った。拵えは見分けがまったくつかぬ。

しかし肝心なのは中身である。

すらりと鞘から抜き、象二郎は刀身を行灯の明かりにかざした。瞬《まばた》きすることなく、じっと見る。

――ふーむ、すごい。

吸い込まれるような錯覚を覚えさせる刀身である。これだけの出来の刀はそうそうあるものではない。

手のうちで刀を握り替え、象二郎は刃文も見た。ため息しか出てこない。文句のつけようがない。頭の中にある本物とそっくりな刃文である。

「いかがですかな」

忍び頭巾の目を光らせて男がきいてきた。

「すばらしい、その一言だ」

心の底から象二郎はたたえた。刀を鞘にしまう。

「満足していただけましたか」

「もちろんだ」

「それはよろしゅうございました。では、手前はこれにて失礼いたします」

黒装束の男が会釈する。象二郎は意表を衝《つ》かれた。

「もう帰るのか」

「用事はすみましたので」

「そうか。ならば、采謙どのによろしくいってくれ」

「承知いたしました」

黒装束の男が象二郎を上目遣いに見る。

「関の孫六ですが、三船さまは本物を進呈するおつもりですね」

「なにゆえそのようなことをきく」

「他意はありません。ただ知りたいだけです」

「うむ、これほどの刀を打ってくれた礼だ、教えておこう。その通りだ、この刀を進呈するつもりはない」

嘘ではない。遠藤信濃守には、本物の関の孫六を贈る気でいるのだ。

「それがよろしいでしょう」

ほっとしたように黒装束の男がいう。

「出来がよいといっても、所詮《しょせん》、偽物に過ぎません。目のある人は必ず見抜きます。では、こちらの二振りは手前が持ち帰ることにいたしましょう」

「持って帰るのか」

驚きとともに象二郎はきいた。

「この二振りは、三船さまには不要でしょうから」

「それはそうだが」

畳の上に置かれている残りの二刀を、手際よく黒装束の男が背中にくくりつけた。

「三船さまの注文に応じて我らが打ったのは三振りですが、お代は一振り分しかいただきません。どうか、ご安心を」

「そのことは事前に采謙どのから聞いているが……。代金は後払いでよいのであったな」

「さようです。あるじの采謙を中心に、手前どもは良心をもってこの商売に励んでおります。それが昔から続いている秘訣でありましょう」

目を和ませるや、男がさっと跳躍《ちょうやく》した。あっ、と象二郎が目をみはったときには、天井に張りついていた。

天井板を外し、男が天井裏に入り込んだ。そこから象二郎を見下ろしている。

「では、これにて」

顎を引き、男が天井板を元に戻した。男の顔が一瞬で消え失せた。

「なんとも、すさまじい技だな」

首を振って象二郎は独りごちた。なにゆえ、と思った。精巧な写しの刀を打ち、それを売ることを生業《なりわい》にしている連中に、あれだけの技が必要なのか。初めて会ったときには素振《そぶ》りにも見せなかったが、采謙も実はあのような技をおのがものにしているのだろうか。

黒装束の男が置いていった関の孫六の写しを手に取り、象二郎は引き抜いた。

「うーむ、実によい出来だ」

しみじみと刀身を眺めて、象二郎はつぶやいた。遠藤信濃守には、この刀をやってもよいのではないか。

いや、駄目だ。そんな真似はできぬ。

かぶりを振って、象二郎はすぐさま思い直した。

遠藤信濃守は、佐賀大左衛門ほどではないにしても、なかなかの刀の目利きとして知られている。もしこれを持っていったら、偽物であると見破るのではあるまいか。

——今は危うい橋を渡るわけにはいかぬ。やはり最初の計画通り、明日は本物の関の孫六を持っていかねばならぬ。

うむ、と象二郎は首を縦に動かした。ここまで来て、策を変えてはならぬ。そんなことをしたら、よくないことが起きるに決まっている。

初志を貫徹せねばならぬ。

その上で、この関の孫六の写しを波多野展兵衛《はたのてんべえ》に渡せばいいのだ。

それですべては終わろう。

刀身を鞘に戻して文机の上にそっと置いた象二郎は、畳に横になった。

眠そうにしている。

それは象二郎にはよくわかる。若い頃というのは、どういうわけか、朝が眠くてならないのだ。

「象二郎、まことにこんなに早く出かけなければならぬのか」

目を何度かこすった岩清水図書之助にきかれ、象二郎は深くうなずいた。

「遠藤信濃守さまにお目にかかるのは、ご出仕前にといわれておりますゆえ」

「だが、まだ六つにもなっておらぬだろう」

「今は、七つ過ぎというところでございましょう。明け六つちょうどに屋敷にまいるようにとの信濃守さまの仰せにございます」

「ふむ、そうであったな。官職に就くというのは、なかなか難儀なことよ」

会話をかわしたことでようやく眠気が取れてきたのか、図書之助が張りと若さを感じさせる声でいった。

「まこと殿のおっしゃる通りにございましょう。官に就くのは、一筋縄ではいかぬものと存じます」

官職を我が物にするというのは、刀の鑑定を頼むのとはわけがちがうのだ。仮病など使っている場合ではない。遠藤信濃守の前に図書之助本人が顔を出し、意気込みをじかに見せる必要がある。

「明け六つに殿が遠藤さまのお屋敷にいらっしゃれば、信濃守さまに殿の熱意はきっと通じましょう」

「うむ、そうなればよいな」

若い図書之助が気持ちの高揚をあらわに、廊下を歩き出す。

玄関先に乗物が置かれ、四人の担ぎ手がすでに控えていた。乗物の近くに二つの提灯《ちょうちん》がともされ、玄関前は淡い光で満たされていた。

象二郎は東の空を見た。よく晴れており、数え切れないほどの星が光り輝いている。

乗物に乗り込む前に、図書之助が案じ顔で象二郎にたずねてきた。

「例の物は忘れておらぬな」

「もちろんでございます」

首肯して、象二郎は駕籠《かご》のそばに立つ浅羽《あさば》邦三郎《くにさぶろう》に手のひらを向けた。

刀袋に包まれた関の孫六を、邦三郎が後生大事に紐《ひも》でくくりつけて背負っている。昨日、大左衛門に鑑定を依頼した三振りのうちの一振りである。

「ああ、邦三郎が持っておったか」

安心したように笑い、図書之助が乗物に乗り込んだ。

こういうときのあるじの笑顔が、象二郎はかわいくてならない。いとおしさが込み上げてくる。なんとしても力になりたい、といつも思うのだ。

その思いを象二郎は図書之助に伝えたくてならない。だが、やはりどこか照れがあり、口にはできない。

表情を引き締めて象二郎は乗物の前にかがみ込み、引き戸を閉めようとした。

「ちょっと待て、象二郎」

乗物の中から図書之助が呼びかけてきた。気がかりそうな顔つきで象二郎を見ている。

「そなた、ちと顔が青いようだな。体の具合が悪いのではないか」

いわれて象二郎は首をかしげた。

「いえ、どこも悪いところはございませぬ。体調は至極よろしゅうございます。おそらく提灯の光の加減かなにかで、そう見えるのでございましょう」

「提灯のせいか。それならよいのだが」

図書之助は納得した顔ではない。

「象二郎、体には気をつけてくれよ。そなただけが頼りなのだから」

図書之助にいたわられて、象二郎は、くっ、と涙が出そうになるのをこらえた。このお方のためなら、と改めて決意する。どのようなことも、してのけようぞ。悪の権化《ごんげ》と呼ばれても構わぬ。

「では、殿、閉めます」

一礼して象二郎は引き戸を横に動かした。少しこわばった笑みを浮かべた図書之助の顔が、ゆっくりと見えなくなった。

「では、まいろうか」

すっくと立ち上がった象二郎は、四人の担ぎ手に命じた。乗物が持ち上がり、宙に浮いた。象二郎が先棒《さきぼう》の一人にうなずきかけると、乗物は静かに動き出した。

図書之助の供には、象二郎と邦三郎以外に六人の男がついた。

あたりの闇色は深い。

提灯の心細げな明かりを頼りに象二郎たち一行が目指すのは、大名《だいみょう》小路《こうじ》である。


遠藤信濃守の屋敷に象二郎が足を運ぶのは、これが初めてではない。

決して迷うことのないようにと、二度ばかり事前にやってきているのだ。

遠藤屋敷は、千代田城の辰《たつ》ノ口《くち》と呼ばれる橋のそばにある。表門である長屋門は、千代田城の大手門と向き合うような形で設けられている。遠藤家は、これほどの場所に上屋敷を持つことが許されているのだ。

以前、遠藤家はたった七つの主君が家臣に毒殺されるというすさまじい御家騒動があって、一度は取り潰しの憂《う》き目《め》に遭ったのだが、五代将軍綱吉《つなよし》が、寵愛深い側室お伝《でん》の方の妹が旗本家に嫁いで生んだ子を遠藤家の跡取りに据えることで、家を相続させた。徳川家康の信頼が厚かった祖先の遠藤慶隆《よしたか》の功勲を勘案した措置といわれている。

遠藤屋敷の門前に着くや、象二郎は東の空を見やった。闇は深いままで、空は白みを一切帯びていない。明け六つにはまだ間がある。

よし、間に合った。

刻限に遅れることのないよう早めに屋敷を出てきたとはいえ、さすがに象二郎は気が気でなかった。

いかめしい長屋門は、かたく閉じられている。くぐり戸の前に立った邦三郎が、とんとんと静かに門を叩いた。

門の小窓が開き、門衛とおぼしき男が顔をわずかにのぞかせた。

一歩前に出た象二郎はすぐさま名乗り、遠藤信濃守と約束がある旨を告げた。

あらかじめ聞いていたようで、門衛の男がうなずいた。

「ただいま開けます。しばしお待ちあれ」

小窓が閉まり、門衛の顔が消えた。すぐに長屋門の閂《かんぬき》が外され、きしむ音とともに門が開いていく。

「どうぞ、お入りくだされ」

門衛の男が象二郎たちを手招いた。

「では、お言葉に甘えて」

手を振り、象二郎は乗物の担ぎ手に合図した。再び持ち上げられた乗物が、遠藤屋敷の敷地に入っていく。乗物の横に付き添うようにして、象二郎は長屋門をくぐった。

玄関につけられた乗物の引き戸を開け、象二郎は図書之助に下りるようにうながした。

若年寄の屋敷に来て緊張を覚えたのか、図書之助はかたい顔をしている。

「こちらにどうぞ」

屋敷内から出てきた用人らしい侍にいわれ、図書之助と象二郎は履物を脱ぎ、式台《しきだい》に上がった。邦三郎は同道を許されず、玄関そばの待合部屋に入ることになった。

関の孫六の入った刀袋を邦三郎から受け取り、象二郎はしっかりと両腕に抱えた。

長い廊下を進む遠藤家の用人のあとを、象二郎と図書之助はついていった。

「こちらにございます」

広々とした湖上を飛ぶ雁《がん》を描いた襖の前で、用人が立ち止まった。これは琵琶《びわ》湖《こ》の画だろうか、と象二郎は考えた。遠藤家は近江《おうみ》三上《みかみ》で一万二千石を領し、その地に陣屋を構えている。

象二郎たちが来たことを、用人が襖越しに伝える。

「岩清水どの、お入りくだされ」

意外な優しさを感じさせる声が聞こえ、図書之助が、はっ、とかしこまるように答えた。

「どうぞ、こちらに」

辞儀して用人が襖を横に引く。かたじけない、といって象二郎と図書之助は敷居を越えた。図書之助は、さらにこわばった顔になっている。

「ようこそおいでくださった」

十畳の座敷の真ん中に、遠藤信濃守盛定が座っていた。かたわらに脇息《きょうそく》が置いてあるが、もたれてはいない。座敷の両隅に配された二つの行灯が、まだ暗い部屋をうっすらと照らしている。その行灯の明かりを受けているせいなのか、よく光る目で盛定が象二郎と図書之助を見つめていた。

いや、盛定が凝視しているのは、象二郎が手にしている刀袋である。興味津々という目つきをしていた。

「こちらにお座りなされ」

盛定が手招くところに二枚の座布団が敷いてある。

それを後ろに引き、失礼いたします、といって象二郎と図書之助は正座した。

「図書之助どの、ようみえられた」

にこにこと盛定が図書之助に笑いかけた。それで図書之助の表情が少しゆるんだ。

「遠藤信濃守さまにはこのような早い刻限にお邪魔することをお許しいただき、それがし、感謝の言葉もございませぬ」

象二郎が教えた通りに図書之助がいい、深くこうべを垂れた。

「いや、こちらこそ明け六つ前に来いなどと無理をいって申し訳なかった。喉が渇いておられるであろう。いま茶を持ってこさせよう」

「いえ、信濃守さまはお忙しい御身でござれば、その儀は遠慮させていただきます」

はきはきとした口調で図書之助がいう。

「ほう、さようか」

じっと図書之助を見て、盛定が脇息にもたれかかった。

「ならば、さっそくご用件をうかがいましょうかな」

「ありがとうございます。遠藤信濃守さまには、是非ともこちらをお納めくださされたく持参いたしました」

朗々《ろうろう》とした声音で盛定にいってから、図書之助が象二郎にうなずきかけた。

「失礼いたします」

断ってから象二郎は膝行《しっこう》し、捧げ持った刀袋を盛定の前に丁寧に置いた。すぐに元の位置に戻る。

「ほう、これは刀にござるな」

目をきらきらさせて盛定がいう。

「信濃守さま、是非ともご覧になってくださいませ」

ごくりと唾を飲んで図書之助がいった。うれしげな瞳を盛定が図書之助に向ける。

「さようか。それがしが開けてよろしいのか」

いかにもわくわくとした口調でいった。

「もちろんでございます」

「では、遠慮なく」

手を伸ばし、盛定が刀袋に触れる。それだけで盛定の目がぎらついた。

慣れた手つきで盛定が刀袋を開けると、中から一振りの刀があらわれた。柄は黒糸で巻かれ、鞘は梅花皮鮫塗《かいらぎざめぬり》である。

「ほう、これはまた見事な拵えでござるな」

畏れ入ったといわんばかりに盛定が感嘆の声を放つ。

「中身を拝見させていただくとしよう」

すでに盛定は舌なめずりするような顔をしている。

「どうぞ、ご覧になってください」

笑みをたたえて図書之助が勧める。

「さてさて」

すらりとわずかに音をさせて、盛定が刀を引き抜く。

「おう、これは――」

それ以上、声が続かない。

刀身を見つめて、図書之助も言葉がないようだ。岩清水家伝来の宝刀であるはずがなく、これまでほとんど目にしたことがないのだ。

行灯の明かりを浴びて、関の孫六の刀身が妖しく輝いている。象二郎はこれまで何度も目の当たりにしており、今朝も刀身の手入れをしたばかりだが、さすがに関の孫六である、すばらしいとしかいいようがない。

「すごい」

盛定は刀身に魅入られたようになっている。ぽかんと口を開けているさまは、公儀の要職をつとめている者に見えない。

「これは……」

ようやく盛定が声をしぼり出した。

「関の孫六ではござらぬか」

両手を畳について図書之助がいう。

「昨日、佐賀大左衛門さまにご覧いただき、御墨付のお言葉をいただいております」

「ほう、佐賀どのに鑑定していただいたのか。それならば、これは紛れもなく本物の関の孫六でござろう」

関の孫六に見入る盛定が我に返ったようにため息をついた。

「図書之助どの、これを余にくださるというのか」

「もちろんでございます」

胸をわずかに張って図書之助が答える。

「そのために、それがしどもは、信濃守さまのお屋敷にお邪魔させていただいたのでございます」

「さようでござったか、そのために、わざわざいらしてくれたのか」

盛定は感激の面持ちである。いつまでも眺めていたい風情《ふぜい》だったが、軽く息をついて関の孫六を鞘に丁寧に納めた。

「図書之助どの」

いとおしげに名を呼んで、盛定が膝でにじり寄ってきた。

「図書之助どののためなら、なんでもさせていただこう。望みがあれば、今おっしゃるがよい」

その言葉を耳にして、象二郎はすべての苦労が報われたような気がした。

だが、大変なのはこれからだ。うまくやらなければならない。

三

あれから、もう十日も経過した。

時の進みは驚くほど速い。

関の孫六を受け取ってあれほどの喜びようを見せたというのに、遠藤信濃守盛定はなにもいってこない。

関の孫六を贈ってすぐさまあるじが官職を得られるとは、象二郎も考えてはいなかったものの、岩清水図書之助のことをまったく忘れてしまったかのように、なんのつなぎもないのはさすがに不安になる。

取られ損か。象二郎はそんな気がしてきた。

ふと、目の前にいる邦三郎がじっと見ていることに気づいた。

象二郎は苦笑を返した。

「邦三郎、出かけるのは、本当にわし一人でよいのだ。そのほうが目立たずにすむゆえ。人目を引きたくない」

「そうはおっしゃっても……」

邦三郎は、気がかりそうな表情を崩そうとしない。

「まことだ。すぐに戻ってくるゆえ、邦三郎、案ずるな」

やや強い口調で象二郎はいった。

「ご用人は、何刻に戻っていらっしゃいますか。今宵はもう一箇所、行かねばならぬところがございますぞ」

「そのことも承知しておる。今は六つ半を過ぎた頃だな。こたびの用事をすませるのに、一刻も見ておけば十分だろう。わしは五つ半には帰ってくる。邦三郎、その後、一緒に出かけようではないか」

「わかりました。ご用人のお帰りは五つ半でございますね」

「決して遅れはせぬ」

「承知いたしました」

仕方ないな、という感じで邦三郎が答えた。

「では邦三郎、行ってまいる」

「行ってらっしゃいませ」

邦三郎の見送りを受けて岩清水屋敷を出た象二郎は提灯を掲げ、足早に歩いた。背中に、刀袋に入れた一振りの刀を負っている。

空には月が浮かんでいる。雲はほとんどなく、月の光はまっすぐ地上に届いている。

自分の顔が青白く照らされているのを象二郎は感じた。

そういえば、と刀袋を背負い直して思い出した。若年寄の遠藤信濃守を訪ねるために屋敷を出ようとして、図書之助に顔色が青いといわれた。

だが、そのときだけでなく、今も象二郎の体調はすこぶるよく、具合が悪いなどということはまったくない。

なにゆえ顔が青く見えるのだろう。やはり光の加減だろうか。

佐賀大左衛門に刀の鑑定を依頼したときも、なにやら案じるような目で見られた。あのときも顔色が青く見えていたのではあるまいか。

なに、気にするほどのことはあるまい、と象二郎は思った。緊張しているだけだ。こたびの策が達成されるまで、気が抜けない毎日が続く。そのせいで顔色が悪くなっているにちがいないのだ。策さえ成就《じょうじゅ》すれば、顔色も元に戻ろう。

四半刻ほどで、象二郎は元飯田町《もといいだちょう》に入った。夜はまだ浅く、大勢の町人や侍が足繁く行きかっている。

なにが楽しいのか、笑いながら歩いている者が多い。気勢を上げたり、なにやら意味不明の言葉を吐いたりしている酔っ払いも少なくない。

そういう者たちを慎重によけつつ、象二郎は歩き進んだ。このようなところで面倒を起こすわけにはいかないのだ。

元飯田町の町内の道を西へと向かい、象二郎は中坂《なかさか》と呼ばれている坂を上りはじめた。道の両側は町屋や商家がびっしりと軒《のき》を連ね、いくつもの提灯が穏やかな光を放っている。

坂を下りてくる人たちの足がもの柔らかな光に照らされて、うつむき加減の象二郎の目に入る。足早に歩き続けるにつれ、坂の上に建つ建物の屋根が見えはじめ、次に板壁が目に飛び込んできた。坂を上り詰めると、すべての建物が姿をあらわした。

坂の頂上で象二郎は足を止めた。

――この店のはずだが。

左側に一軒の煮売り酒屋がある。路上に出ている行灯看板には、西目屋《にしめや》とある。煮染めとの語呂合わせであろう。台所の窓から竈《へっつい》の白い煙が抜けていく。魚でも煮込んでいるのか、甘辛いにおいが鼻先に漂った。

これで空腹なら、と象二郎は思った。相当そそられたであろう。

波多野展兵衛が指定してきたのはこの店だ。西目屋という珍しい名からして、まちがいようがない。

人の気配を感じたらしく、煙が勢いよく出ている窓からねじり鉢巻《はちまき》をした初老の男が顔をのぞかせた。象二郎とまともに目が合う。人のよさそうな笑みを浮かべ、店主らしい男が会釈してきた。

　小さくうなずき返した象二郎は西目屋には入らず、少し離れた軒下に移動した。

　背後の建物は、横に掲げられた看板からして太物《ふともの》を扱っている商家である。暮れ六つになって店を閉めたのであろう。ひっそりとしており、中から人声は聞こえてこない。

　象二郎は西目屋にじっと目を当てていた。その眼差しを感じ取ったかのように暖簾《のれん》が外に払われ、一人の侍が出てきた。

　顔を左右に振り、人を捜しているような仕草をする。商家の軒下にいる象二郎を認めた。そこにいたのか、といいたげに歩き出す。

「三船どの」

　低い声で呼びかけて、その侍が近づいてきた。わずかに口のあたりから酒が香った。それだけでなく、魚の脂らしいにおいが着物から漂ってきている。大根でも持っているかのように右手に刀袋を無造作に提《さ》げていた。

　これが例の物だな。象二郎は刀袋を見つめて思った。しかし、こんな手荒な持ち方がよくできるものよ。この男、ろくに価値を知らぬのではないか。

　もっとも、そのほうがありがたい。もしこの刀を持ち逃げされたら、目も当てられない。

「波多野どの」

目の前に来た侍をじっと見て、象二郎はうなずいた。

「三船どの、店に入ればよかったのに」

展兵衛の目は、西目屋の暖簾に当てられている。まだ飲み足りないのだろう。

「いや、けっこうだ。酒は飲めぬゆえ」

「ほう、そうだったか」

展兵衛の目が動き、象二郎の背中に向けられた。そこには刀袋がくくりつけられている。

「三船どの、持ってきたな」

「おぬしも」

うむ、と展兵衛が顎を引いた。

「三船どの、受け渡しはここでやるのか」

「できれば人目がないところがよい」

「ならば、近くに人けのない神社がある。そこに行くか」

刀袋を手に提げたまま、展兵衛が歩き出す。そのあとを象二郎はついていった。

二町ばかり行った小高い場所に、名もない神社があった。下から見ても狭いと知れる境内《けいだい》に行くには、十五段ほどの石段を上らねばならない。

ふと、誰かに見られているのではないか。象二郎はそんな気がし、右手に目を向けた。

人通りは多いが、こちらを気にしているような者は一人もいない。

勘ちがいか。

「どうされた」

展兵衛がきいてきた。

「いや、なんでもない」

象二郎と展兵衛は、一段一段がずいぶん高さのある石段を上がっていった。

朽《く》ちかけた門の先の狭い境内には、ちっぽけな本殿と古びた手水舎《ちょうずや》しかない。せいぜい五十坪ほどの境内のまわりを、鬱蒼《うっそう》とした木々や竹藪が囲んでいる。

どこかで花が咲いているのか、甘い香りがほんのりと漂っている。

月の光は境内にほとんど射し込まず、ひどく暗く感じられた。

境内に人けはなく、ときおり風が梢《こずえ》や竹を揺らしていくに過ぎない。夜の神社というのは、不気味さと物寂しさを合わせ持っている。

「ここならよかろう」

水のない手水舎の前で足を止め、展兵衛がいった。

「十分だ」

「では、これを」

まず展兵衛が、手にしていた刀袋を象二郎に差し出してきた。

懇《ねんご》ろな手つきで受け取り、象二郎はそれを手水舎にそっと立てかけた。背中にくくりつけてある刀袋を下ろし、展兵衛に手渡す。

「確かに受け取った」

にやりと頬をゆるませて、展兵衛が刀袋をがっちりと握った。それを背中にしっかりとくくりつける。

「こいつは、なくすわけにいかぬからな」

「その通りだ」

目に力を込めて象二郎は展兵衛を見た。

「波多野どの、おぬしが本物を持ってきたかどうか、確かめさせてもらう」

宣して象二郎は、手水舎に立てかけた刀袋を持ち上げた。中身を取り出し、まずは拵えを見る。暗い中でも見事な拵えである。

黒糸が巻かれた柄に、鞘は梅花皮鮫塗《かいらぎざめぬり》の造りである。暗い中でも見事な拵えであるのは、はっきりとわかった。

問題は刀身である。明るいところがよいが、大勢の人がいるところで抜くわけにはいかない。人目をはばかるからこそ、こんな場所を選んだのである。

今は、おのが目を信ずるしかない。

象二郎はすらりと刀を引き抜いた。おっ。声を放って瞠目《どうもく》した。まるで刀身が呼んだかのように急に月の青白い光が境内に射し込んできたのだ。刀身が白い輝きを帯びる。

「ほう、このようなこともあるのだな」

展兵衛は驚き、目を丸くしている。

名刀がこのような力を持っていても、と象二郎は感じた。なんら不思議はない。よくよく確かめるまでもない、と思った。いま自分が手にしているのは本物の関の孫六だ。

念のため象二郎はじっくりと刃文を見つめた。本物だ、と確信した。頭の中にある刃文と寸分も異なっていない。

「確かに」

刀を丁寧に鞘におさめると、象二郎の手元から輝きが失われたように見えた。月明かりも弱々しいものに変わっている。

すごいものだな。心中でかぶりを振って象二郎は刀袋にしまい込み、慎重に背負った。背中にずしりと重みを感じる。

本物の関の孫六は、なんらかの気を発しているのだ。偽物の時はなにも感じなかった。これこそが、本物と偽物のちがいであろう。

「波多野どの、これを持ち出したことは露見しておらぬな」

むろん、と展兵衛が大仰《おおぎょう》なほどのうなずきを返してきた。

「それがしは御簞笥番《おたんすばん》だぞ。孫六を手に入れられた当初、殿はひじょうにお喜びになり、何度も何度もご覧になっていた。だが、さすがにちと飽きられたご様子で、今はさほどの熱意は感じられぬ。持ち出すのはたやすい」

そうなのか、と象二郎は思った。遠藤盛定がそんな調子で我が殿は官職を得られるのだろうか。だが、盛定の熱が冷めつつある今こそが、本物と偽物を入れ替える絶好の機会なのだ。

「ゆえに、その刀を持ち出したことを知る者は、家中ではそれがしだけだ」

「では、戻すときも露見はせぬな」

象二郎はなおも展兵衛から目を離さない。

「当然だ。決してばれぬようにことは行うゆえ、安心してもらってけっこうだ」

不意に展兵衛が空咳をした。その音が闇に吸い込まれていく。

「ところで三船どの、約束の物は持ってきてくれたか」

わずかに警戒を感じさせる顔で、展兵衛がきく。

「むろん持ってきておる」

そのとき、象二郎はまたもどこからか見られているように感じた。むっ、と体をかたくする。

「なんだ」

その様子に驚いて展兵衛が一歩、二歩と下がる。

背後に顔を向け、象二郎は境内を見透かした。だが、境内はひっそりとしたままだ。誰もいない。もう今は目も感じない。

おかしい、これも勘ちがいなのか。

「いったいどうしたというのだ」

距離を置いたまま、展兵衛が問うてきた。

「なんでもない」

ふっ、と息をついた象二郎は懐にそっと手を入れ、袱紗包みを取り出した。

「受け取ってくれ」

袱紗包みを差し出すと、警戒心が一気に吹き飛んだような顔で、展兵衛が手を伸ばしてきた。

「かたじけない」

袱紗包みを手のひらに置き、ほくほくした顔で展兵衛がいった。

「確かめてくれ」

「もちろん、そうさせてもらう」

袱紗包みの結び目をほどき、展兵衛が中身を検《あらた》めた。そこには二十五両入りの包み金が二つ入っている。

「うむ、約束通りだな」

展兵衛は、満足の思いを表情にありありと浮かべている。

「わしは約束を守る男だ」

「まことそのようだ」

二つの包み金を、展兵衛は袖の中にしまい込んだ。

「これはいらぬ」

展兵衛が返してきた袱紗包みを、象二郎は手にした。丁寧にたたみ、袖の中に落とし込んだ。

「礼は改めてさせてもらう」

「楽しみにしておるぞ。では三船どの、これにて失礼する」

背中の刀袋を担ぎ直し、展兵衛がくるりと体を回した。朽ちかけた門に向かって足早に歩き出す。

展兵衛の後ろ姿が見えなくなるまで、象二郎はその場を動かずにいた。

うまくやってくれ。

祈るような気持ちで展兵衛を見送った象二郎は大きく息をついてから、すり減った石畳を踏みはじめた。

四

はっ、として起き上がった。

暗闇の中、手を伸ばし、湯瀬《ゆせ》直之進《なおのしん》は枕元の刀をつかんだ。

――これはなんだ。

じっとりと汗ばんだ肌が、異変を覚えている。気持ちが波立っており、みぞおちのあたりが妙に落ち着かない。

横で、女房のおきくが穏やかな寝息を立てている。もともとおきくは、信じられないほどに眠りが深い。ちょっとやそっとのことでは目を覚まさないのだ。このいやな気配で起きることなど、まずあり得ないだろう。

しかし、と薄い布団の上に起き上がって直之進は戸惑いを覚えた。胸中のこの気配はいったいなんなのか。

いま刻限は九つくらいだろうか。まだ八つにはなっていないのではあるまいか。

気配は外からやってきているようだ。この深更《しんこう》に、なにか起きているのか。それとも、これから起きようとしているのか。

――とにかく外に出なければならぬ。

決断した直之進は刀を手に立ち上がろうとした。

そのとき、遠くから半鐘《はんしょう》の音が聞こえてきた。方角は東である。

――胸騒ぎの元は火事だったのか。

布団に座り直した直之進は身じろぎ一つせずに耳を澄ませた。

半鐘の叩き方は擦《す》り半《ばん》に近いが、いま聞こえてきているのは、火元の町の火《ひ》の見櫓《みやぐら》で打たれている半鐘だろう。

やがて、狼煙《のろし》が伝わっていくようにあちらこちらで半鐘が叩かれ出した。

ここ小日向東古川町《こひなたひがしふるかわちょう》の火の見櫓の半鐘も、打ち鳴らされはじめた。こちらの鐘の音は一打一打、区切られている。この打ち方は、火元が遠く離れていることを示している。

それならば、と直之進は思った。にわかに火が押し寄せてくるとは考えにくい。

それにもかかわらず、と直之進は首をひねった。なにゆえ肌が異変を感じ取ったのか。

——火事の裏でなにか起きているのかもしれぬ。こうしてはおれぬぞ。

再び直之進は立ち上がろうとした。

「あなたさま」

半鐘の音で目を覚ましたらしいおきくが上体を起こし、呼びかけてきた。

「火事でございますね」

どこからか射し込んでくるわずかな明かりで、おきくには直之進の影がぼんやりと見えているようだ。

「うむ」

布団の上に座り直し、直之進はうなずいた。腕を伸ばし、おきくの手に触れる。あたたかく、やわらかい。

布団の上に起き上がって正座したおきくが、直之進の手をぎゅっと握ってきた。

「火事はどのあたりでしょう」

おきくが不安そうに口にする。直之進の手を握る指に力が加わった。

「どうやら東のようだな。今の時季の風向きからして、こちらに火が及ぶようなことはまずないのではあるまいか」

小日向東古川町に住みはじめて二年半、どの季節にどういう風が吹くか、直之進もだいぶわかるようになってきた。夏のはじめのこの時季は、冬と同様に西の風が吹くことが多い。もしくは南風である。

「それならばよいのですが。あなたさま、明かりをつけてもよろしいですか」

「もちろんだ」

手を伸ばし、おきくが行灯に火を入れた。橙色のやわらかな光が、つややかな頬を映し出した。

それを目の当たりにして、直之進はどきりと胸が高鳴った。我知らず左手が伸び、おきくをかき抱こうとした。

直之進の顔をしっかりと見ることができて、おきくはほっとした様子を見せたが、すぐに目をみはった。

「刀をお持ちになっていますね、なにか」

すぐさま手を引っ込めた直之進は、うむ、と答え、姿勢を正した。咳払いをする。

「半鐘が鳴る前に、なにやら剣呑《けんのん》な気配を嗅《か》いだように思ったのでな」

「剣呑な気配……」

「火事場のほうから不穏な気が漂ってきているとしか思えぬのだ」

「では、それを確かめるためにお出かけになるのでございますか」

憂いの色を浮かべて、おきくがきいた。いや、と即座に直之進はかぶりを振った。

「いつ風向きが変わってこの長屋に火がやってくるかもわからぬ。そんなときに、大事な女房を一人置いて出かける気などない」

「いいえ」

おきくが直之進をまっすぐに見ていった。

「かまいません。あなたさまは、その不穏な気配が気にかかってならないのでしょう」

「うむ、その通りだ」

顎を引いて直之進は素直に認めた。

「火事場でなにが起きていると、考えていらっしゃるのですか」

「そこまでは、正直わからぬ。ただ、ただならぬことが起きているのではないか。そんな気がしているだけだ」

「そのせいで、私よりもずっと早く目を覚まされたのですね。——あなたさま、一刻も早く火事場にいらしてください」

「おきく、本当によいのか」

女房をこの場に一人残していくことに、直之進には懸念がある。

「もちろんです」

おきくが首を大きく縦に振った。

「あなたさまは、こういうときのために天から遣わされたお人なのです。ぐずぐずしている暇はありません。——私はこれから米田屋《よねだや》にまいります。店《たな》の者は皆、この半鐘を聞いて起き出しているでしょうから」

「おきく、そうしてくれるか」

それは直之進にとって、とても心強いことだ。もし火がこちらにやってきたとしても、おきくは米田屋の者たちと一緒に逃げることができるのだ。

米田屋には、なにごとにも如才《じょさい》なく対処できるあるじの琢《たく》ノ介《すけ》がいる。あの男は意外といっては悪いが、ひじょうに頼りになるのだ。直之進は琢ノ介に全幅《ぜんぷく》の信頼を置いている。

「ええ、そうします」

納得した顔でおきくがうなずく。

「おきく、勝手な亭主でまことにすまぬ。この通りだ」

正座して直之進は深く頭を下げた。

「いえ、謝られるようなことではありません。先ほども申しましたけれど、あなたさまは人さまのために生きるお人なのです。そう運命づけられているのです。私はそんな人に惚れたのです。私はあなたさまのことをとても誇りに思っています」

真剣な顔で直之進を見つめているが、おきくは頰のあたりに穏やかな笑みを浮かべている。その表情は、どこか菩薩《ぼさつ》に通ずるものがあった。

こんなときに笑えるとは、と直之進はおきくを見てしみじみと思った。女とは実にたくましいものだ。よい意味で、男よりもずっと図太い。

またも直之進はおきくを抱き締めたくなった。その衝動をかろうじて抑え込み、手にしていた刀をおきくに預けて着替えをはじめた。

寝巻を脱ぎ、小袖を着て、袴を穿いた。どうぞ、とおきくが差し出してきた刀を腰に帯びる。

「俺はよい女房を持った」

本心から直之進は告げた。

「一緒になって本当によかった。ではおきく、行ってまいる」

「あなたさま、くれぐれも気をつけてくださいね」

「わかっている。油断して火や煙に巻かれぬようにする。一緒になったばかりのそなたを後家にするわけにはいかぬゆえ」

土間に降り、直之進は雪駄《せった》を履いた。

「おきく、近所ではあるが、米田屋までの道すがら、気をつけてくれ」

「わかりました、気をつけます。あなたさま、行ってらっしゃいませ」

うむ、と直之進は顎を引いてみせた。障子戸を開け、路地に出る。

ひんやりとした風が頰を軽くなぶっていった。勘ちがいかもしれないが、どことなくきな臭いにおいがしてきている。

目の前の狭い路地には長屋の者たちがひしめき合っており、遠い火の手のほうを眺めていた。

後ろ手に障子戸を閉めて、直之進もそちらに目を投げた。長屋の屋根越しに、赤々と染まる空が見えている。空に丸い月がかかっている。

顔を上げ、直之進は改めて風向きを確かめた。大して強くない風が、東に向かってゆったりと吹いている。

風向きなど運命みたいなもので、いつ変わるか知れたものではないが、この分なら、こちらに火の粉が降ってくることはないのではないか。

風下《かざしも》に住んでいる人々は大変だろうが、江戸の者は火事に慣れている。もうほとんどの者は、いち早く避難をはじめているのではあるまいか。

「ああ、湯瀬の旦那」

斜向《はすむ》かいの店に住むおくりという女房が、直之進に気づいて声をかけてきた。

「火事場を見物に行くんですか」

「見物というわけではないが、ちょっと行ってこようと思っている」

「湯瀬の旦那も物好きですねえ。うちの亭主も一緒ですよ。あたしをほったらかしにして、すっ飛んでいっちまいましたよ」

まん丸い顔に小さなしわを刻んで、おくりは苦笑している。

「ほう、そうだったか」

江戸っ子にはどういうわけか、火事が三度の飯より好きという者が少なくない。

「火事はどのあたりだ」

長屋の屋根越しに見える赤い空を直之進は見やった。

「あれは伝通院《でんづういん》のほうだね。金杉水道町《かなすぎすいどうちょう》か白壁町《しらかべちょう》、陸尺町《ろくしゃくまち》あたりじゃないかしらねえ」

江戸に住む者の勘は、こういうとき驚くほど鋭く正確だ。伝通院なら、ここ小日向東古川町からおよそ十町というところか。

「この風なら、こっちに火はこないと思うけどね」

「そう願いたいな」

「湯瀬の旦那も、おきくちゃんをほったらかしにするつもりなのかい」

長屋の端の店に暮らすおひらという女房が路地を寄ってきて、会話に混じる。

「うむ、そういうことになるな」

直之進はおひらにうなずきかけた。

「しかし、なんの心配もいらぬ。おきくはこれから米田屋に行くゆえ」

「ああ、それがいいだろうね」

おひらがほっとしたような顔になった。

「では、行ってくる」

わずかに笑みを浮かべて、直之進はおひらとおくりに告げた。

「湯瀬の旦那、火事場見物もいいけど、くれぐれも火に巻き込まれないようにしなよ」

おひらが案じ顔で注意をうながす。

「うむ、気をつけよう」

真顔で答えて直之進は、長屋の住人たちをかき分けるようにして路地を足早に歩いた。長屋の木戸をくぐって小道を抜け、大通りに出る。

火事を見に行くのか、大勢の者が同じ方向へ駆けたり、足早に歩いたりしている。江戸っ子の火事好きも、ここまでくれば病のようなものだろう。

地を蹴るや、直之進はまず北に向かって走り出した。同時に腰をかがめ、左手で刀の鍔《つば》をしっかりと押さえる。右肩ができるだけ揺れないように気をつけ、小刻みに足を動かすことに留意した。

こうすることで、大して疲れることなく、しかも速く駆けることができるのだ。

江戸川に架かる石切橋《いしきりばし》を渡ったところで、直之進は東に向きを転じた。江戸川沿いの道を走る。

坂の多い江戸にしてはこの道はほとんど平坦で、走りやすい。付近は武家屋敷がほとんどを占め、当主の侍や家人らしき者たち、奉公人とおぼしき者らが外に出て、火事のほうを気がかりそうに眺めている。

半鐘は今も鳴り続けている。

石切橋から五町近く走り、中橋《なかばし》を過ぎたところで直之進は道を北に折れた。大身の武家屋敷の脇に建つ辻番《つじばん》が目に入る。

辻番に詰めているらしい一人の年寄りが道の端に立ち、不安そうな目を火事場へと向けていた。

ここまで来ると、半鐘の音は耳を聾《ろう》するばかりだ。もうもうと勢いよく立ち昇る幾筋もの灰色や黒い煙が、夜空に際限なく吸い込まれていく。

両側を武家屋敷に挟まれた道を、直之進は走った。正面に、高くて厚みのある塀がそびえている。塀の向こうに、炎に照らされて橙色を帯びた伽藍《がらん》の屋根が見えている。金剛寺《こんごうじ》である。

神田上水に突き当たって、道は左右に分かれた。直之進は右へと駆けた。二十間ほど行き、小さな橋を渡る。

橋の先には、町屋と武家屋敷に挟まれた坂があった。金剛寺坂と呼ばれているその坂に直之進は足を踏み入れた。おびただしい火の粉が飛び散り、闇を焦がしている。赤々と燃える炎の先端が目に入ってきた。

坂を駆け上がり、大道に出ると、燃え盛る家の屋根が見えた。

幾筋もの太い煙は、豪然たる勢いで天を目指している。木がきしむ音があたりに響き渡り、きな臭さが充満している。

火元は、陸尺町のようだ。

金剛寺坂から先は、火事場へは近寄ることができないほど大勢の見物人でごった返していた。人々はひしめき合い、今にも喧嘩《けんか》がはじまりそうなほど殺気立っている。

実際に、怒号がそこかしこから聞こえてきている。

走ることなどむろんできず、直之進はおびただしい見物人に押されるようにして道を歩いた。

刺《さ》し子《こ》半纏《ばんてん》を羽織った火消したちが大声を発して、後ろからやってきた。突き飛ばされて転がったり、倒れたりする者が続出したが、火消したちはそんな者には目もくれない。所詮《しょせん》は消火の邪魔をする者としか見ていないのだろう。

直之進は、火消しに突き飛ばされた年寄りを助け上げた。すぐに、大丈夫かときいたが、大丈夫さね、と年寄りは元気よく答えた。このくらい慣れっこになっているようだ。

さらに歩を運ぶと、勢いよく炎と煙を吐き出して燃え盛る家々がくっきりと見えてきた。真っ赤に染まった夜空を背景に、屋根に立って纏《まとい》を振るっている火消しの姿も、はっきりと目に映った。

直之進は、頬に強い熱を感じた。見渡すと周りの野次馬の顔も赤く染まっている。それだけ火勢が強いのだ。

そんな炎をものともせず、颯爽《さつそう》と屋根に立っていられる火消しはすごい、と感嘆せざるを得なかった。

火勢に負けることなく纏を振るっている火消しのもとに、大勢の火消したちが集まっていく。

あの家は、とその光景を眺めて直之進は思った。あれ以上、火を広げないために取り壊されるのだ。屋根で振られている纏は、ここを壊せ、という目印なのだから。

火事場と道一本を挟んだ東側に伝通院がある。伝通院を守るように、大勢の僧侶が道にずらりと立ち並んでいた。若い学僧が多いようだが、老僧も混じって人垣をつくり上げていた。

結局、その場で直之進は足を止めることになった。火事場まではとても行けそうにない。見物人があまりに多いせいで、それ以上、進めなくなったのだ。

くそ、ここまでか——。

しかし、直之進がまいったのは進めなくなったことではない。あたりは、まさしく火事場の喧噪《けんそう》に満ちており、長屋にいたときに感じた剣呑な気配を嗅ぐことができなくなっているのだ。

あのいやな感じは消えたのか。わからない。こんな騒々しい場所で気配を嗅ぐことなどできるはずがない。

直之進は人垣をかき分け、来た道を戻った。二十間ばかり行くと、ようやく人が少なくなった。直之進は右手に口を開けている路地を見つけた。人けがほとんどなく、そこだけ妙にひっそりとしていた。

直之進は路地に入り込んだ。両側は高い塀が続いている。西側の家は商家らしく、塀の向こうに石造りの蔵が建っている。反対側は武家屋敷である。

心気を静め、直之進は耳を澄ませてみた。

いやな気配が決して消えたわけではないのが知れた。少なくとも、今も胸騒ぎは続いているのだから。

どうやらこの気配は、と思い、直之進は顔を上げて東側を見やった。伝通院のほうから発せられているのではないか。そんな気がしてならない。

火事場から剣呑な気配がきているわけではないことを、直之進は解した。

伝通院でなにか起きているのか。

もしや火事場泥棒ではないか。

神君徳川家康公の母である於大《おだい》の方《かた》が葬られている寺だ。おびただしい寺宝を所持していることだろう。わざと近所で火事を起こし、大勢の僧侶がそちらに気を取られている最中、忍び込み、寺宝を奪おうという魂胆なのではないのか。

そうとしか考えられなくなってきた直之進は路地を出るや、すぐさま駆け出した。

急がねばならぬ。

できるだけ人がいないところを通り、伝通院を目指した。

走りながら、しかし、と直之進は心中で首をかしげた。なにゆえ伝通院での出来事が小日向東古川町の長屋にまで伝わってきたのだろうか。伝通院と自分のあいだに、なにか関わりがあるわけではない。かろうじて、主家である沼里《ぬまざと》家が徳川家の三河以来の譜代であることくらいだ。

だが主家が譜代大名の者など、どこにでもいるだろう。

それなのに、なにゆえ俺は伝通院に向かって一人、駆けているのだろうか。なにか因縁《いんねん》があるとでもいうのか。

火事から遠ざかる形で、直之進は伝通院の西側の道を通って寺の裏手に向かった。ここは金杉水道町であろう。

それにしても、と直之進は思った。この伝通院の塀は、果てしないと感じるほど延々と続いている。この塀沿いの道にも、大勢の見物人が出てきており、行列をつくって火事のほうを見やっていた。いつでも避難できるように、家財をしっかりと抱え込んだり、背負ったりしている者も少なくない。

風向きは東のままだ。このあとも変わらなければ、こちらに火がやってくることはまずないだろう。

だが、すぐに半鐘が聞こえてきた。あれは、と走りながら直之進は耳を澄ませた。鎮火した合図である。

よかった、と直之進は思った。家が焼けてしまった者には申し訳ないが、大火にならなかったのは不幸中の幸いである。

金杉水道町を抜ける寸前、道が左に曲がり、伝通院の塀が途切れた。道はさらに右に曲がり、そこで町地が切れた。

直之進は、こぢんまりとした武家屋敷が両側から道を挟み込んでいる場所に出ていた。ここでも、侍衆が外に出て火事場のほうを眺めていたようだが、鎮火の合図を耳にしてぞろぞろと屋敷内に引き上げようとしているところだった。

それらの者たちを置き去りにするように直之進は走り続けた。

火事からさらに遠ざかるにつれ、胸にわだかまっていたいやな気配が濃くなってきた。息苦しさすら直之進は覚えた。

――この気配は以前、感じたことがあるのではないか。

どこで味わったのか。

江戸ではない。もっと前のことだ。となると、国許か。

右側から武家屋敷が消えると同時に、伝通院の塀が再び姿をあらわした。その向こうは森になっているようで、そこだけひときわ闇が深い感じがする。

だが、すぐにその塀が切れた。そこには伝通院の裏門が建っている。左側は狭い町地になっており、伝通院の参道沿いに商家や長屋が建て込んでいる。

確か、ここは久保町《くぼちょう》というのではなかったか。路上に、町人たちの姿はほとんど見えない。町内は闇に沈み、静まりかえっていた。火事がおさまったことを知り、町人たちは家の中に引っ込んだようだ。

ここ久保町は火事場からはさほど遠くはないが、伝通院の緑の多い広大な寺域をあいだに挟むことになり、もともと南側から火が押し寄せてくることはほとんどないのだろう。

それから二十間ばかり駆けて、直之進は立ち止まった。伝通院の塀と北側に建つ武家屋敷の塀が合しており、道が途切れたのだ。

どうやら、と付近を見回して直之進は思った。胸騒ぎの元は、このあたりから発せられているようだ。

ということは、伝通院からいやな気配が発せられていたわけではなかったのか。

この屋敷の主は誰なのか。屋敷の宏壮《こうそう》さからして、かなりの大身であるのはまちがいないだろう。塀は一丈ほどの高さがあり、忍び返しは設けられていない。屋敷内は静かなもので、別段、なにごとか起きているような雰囲気は感じられない。

むっ。

直之進は身構えた。武家屋敷の塀の向こう側に人の動く気配がした。すぐにかたわらの杉の木の陰に身をひそめた。

ぬう、と背伸びをするような感じで人影が塀の上にあらわれた。あたりを警戒してか、すぐには飛び降りてこなかった。塀の上に腹這《はらば》いになり、気配をうかがっているようだ。

——俺の眼差しを感じ取っているわけではあるまい。

ただの盗賊に過ぎず、そこまでの腕はないように見えた。

火事を引き起こしたのは、あやつだろうか。

賊はなにか背中に担いでいる。あれが今宵の獲物ということか。

行き止まりということもあり、直之進のひそむ道に人は一人もいない。見物人たちが帰路を急ぐ足音や物音が響いてきているが、ここにやってくる者はいそうにない。深い闇がずしりと横たわり、大気を重く押し潰そうとしている。

あやつがこのいやな気配を生じさせているのか。それだけの力がある者なのか。

なにも異変は感じていない様子で、賊が塀からひらりと地上に降り立った。音はまったく立たなかった。それなりに場数を踏んでいるようだ。

覆面を取った賊は背中の荷物を担ぎ直し、走り出した。すかさず杉の大木の陰を出た直之進は賊の前に立ちふさがった。

ぎくりとして賊が足を止める。さすがに盗人だけあって、夜目《よめ》は利くようだ。

「な、なんですかい」

賊は抑えた声を上げたが、喉を鍛えているかのように響きがよかった。

胸に巣くういやな感じはさらに濃くなっている。この男が気配の元ということか。

賊の声に、直之進は聞き覚えがあった。闇を見透かして、まじまじと男の顔を見る。

「おぬし、鎌幸《れんこう》どのではないか」

なぜ名を知っているのか、という顔を賊がする。今すぐに害されることはないと判断したか、直之進を凝視してきた。

「もしや湯瀬どのか」

「やはり鎌幸どのか」

「湯瀬どの、どうしてここにいる」

「それはこちらの台詞《せりふ》だ」

「勤番《きんばん》で江戸に出てきたのか」

「俺のことはどうでもよい」

鼻から太い息を吐いて、直之進は腕組みをした。

「鎌幸どの、これはいったいなんの真似だ。ここはおぬしの屋敷ではあるまい」

直之進は大身の武家屋敷に向かって顎を動かした。

「確かに俺の屋敷ではない」

あっさりと鎌幸が認める。

「今は盗人《ぬすっと》をしているのか」

直之進がずばりきくと、鎌幸が苦笑した。

「まあな。捕らえて町方にでも突き出すか」

「なにを盗ったのだ」

笑んだまま鎌幸は答えない。

「その背中の荷物が獲物だな。それはなんだ」

どうやら細長い布包みのようだ。

「これか」

自らの肩越しに鎌幸が布包みを見やる。

「刀よ」

「刀を盗んだのか」

「盗んだのではない。もともとこの刀はうちの神社にあったものだ。取り返しただけよ」

鎌幸は、駿州《すんしゅう》沼里城下にある嘉座間《かざま》神社の三男だった。

「嘉座間神社の神宝……」

「そうだ。ようやく取り戻すことができた」

「おぬしが沼里から姿を消したのは、その刀を取り返すためか」

「沼里を出たのは、もう五年前になる。ようやくありかを探し出せたのだ」

「その刀に名はあるのか」

「三人田《さんにんだ》という」

「変わった名だな。名刀か」

「当たり前だ。すばらしい斬れ味を誇っている。三人の鎧《よろい》武者《むしゃ》を一振りで斬り殺したというくらいだからな。斬り離された三人の胴はかたわらの田んぼに飛び、地蔵のように仲よく並んだそうだ」

「それゆえ三人田か」

「平安の昔、駿州で打たれた刀よ。刀工は藤原勝丸《ふじわらかつまる》という。今の世にはこの一刀しか残されておらぬが、腕はすばらしかったようだ。三人田は、長らく駿河《するが》のあるじだった今川《いまがわ》家の手にあったが、今川氏真《うじざね》さまの代に、うちの神社に奉納されたのだ。代々、神宝として大切に守ってきたが、それが三十年ほど前に盗み出され、行方がわからなくなった」

「それをよく見つけたものだ」

「執念の一言よ」

「三十年前、その三人田という刀が嘉座間神社から盗み出されたものだと証《あか》せるか」

一歩、踏み出して直之進はきいた。

「無理だな」

しぶい顔で鎌幸が首を横に振った。

「ならば、おぬしを捕らえるしかない」

直之進はさらに前に足を出した。鎌幸が懇願の表情になった。

「見逃してくれ。湯瀬どの、金はいくらでもやるゆえ」

「金だと。おぬし、どうやって金の都合をつける気だ。——三人田を売るつもりだな」

うっ、と鎌幸が詰まった。間髪容《かんはつい》れず直之進は言葉を重ねた。

「考えてみれば、おぬしは沼里から姿を消す前から、いろいろと悪事をはたらいていた。町娘をもてあそんではらませたり、呪術まがいのことをして領民から金を巻き上げたり、怪しげな物品を由緒《ゆいしょ》ある神宝だとして売りつけたりな。沼里から姿を消したのも三人田を探すのが目的ではなく、故郷にいられなくなったというのが本当の理由であろう」

ふふ、と開き直ったような笑いを鎌幸が見せた。

「確かに、俺が沼里にいられなくなったのは事実だ。——ああ、そういえば、おぬしに呪術をかけたこともあったな」

「なんだと」

思ってもいなかったことだ。だから、と直之進は思った。いまだに呪術が解けておらず、今宵いやな気配を感じることになったのか。

「誰に頼まれて呪いをかけた」

「はて、誰だったかな」

眉を八の字にして鎌幸が首をひねる。

「ああ、思い出したぞ。千勢《ちせ》どのだ」

「なに」

目を大きく見開き、直之進は鎌幸をにらみつけた。

「冗談だ」

手を振り、鎌幸がいかにもおかしくてたまらないという顔つきをした。

「依頼してきたのは、男だ。名は忘れてしまったが、千勢どのを狙っていた男だ。おぬしとの縁談がまとまった千勢どのを、なんとしても嫁《とつ》がせたくなかったのだな」

確かに、と直之進は思い出した。千勢はその美しさで沼里の藩士はおろか領民たちの評判になるほどだった。そのような娘を妻にできることが、直之進はうれしくてならなかったが、結局、千勢は直之進のもとを去り、江戸へ姿を消したのだ。

「なるほど、ふむ、そういうことか」

鎌幸が一人納得したような顔でつぶやいた。

「今も、あのときの呪いは効いているということだな。俺がここに湯瀬どのを引き寄せてしまったということか」

「効いてなどおらぬ」

直之進はいい放った。

「その証拠に俺は生きておる」

「湯瀬どのは生きる力が誰よりも強いからな。俺の呪術がろくに効かなかったのも、致し方あるまい。だが、まだ呪いの効果が残っているのはまちがいあるまい。それゆえ、おぬしはここにやってきたのだ。でなければ、こんなところで出くわすわけがない」

直之進にはなんともいいようがない。

「湯瀬どの、俺が沼里から姿を消した理由はほかにあるのだ」

意外なことを鎌幸が告げた。

「なんだ、それは——」

目を怒らせて直之進はきいた。

「湯瀬どの、おぬし、うちの神社の由来を知っているか」

あくまでも平静な様子で鎌幸が問う。

「知っているのは、鎌倉に幕府が開かれた頃に創建されたということだけだな」

ふむ、と鎌幸が鼻を鳴らした。

「まあ、その程度だろうな。実は、嘉座間という名は風魔《ふうま》に通ずるのだ」

「風魔というと、箱根《はこね》にいた透破《すっぱ》の者たちだな。戦国の頃は小田原北条《ほうじょう》家に仕えていたらしいが」

そういえば、と直之進は思い起こした。風間《かざま》という名字を持つ者が沼里家中にいたが、その者も、我らの祖先は風魔である、といっていた。

「その風魔よ。嘉座間神社はもともと風魔の一族が建てたものだ。風魔は、戦国の頃は北条家のもとで活躍した。北条家の滅亡後、徳川家が居城を置いたここ江戸に風魔一族は移り、さんざんに町を荒らし回った」

「だが結局のところ、首謀者である風魔小太郎《こたろう》は捕吏《ほり》に捕まり、首を刎《は》ねられたそうではないか」

「その通りだ。だが小太郎さまが死んだからといって、風魔一族が滅亡したわけではない」

「では、今も江戸にいるというのか」

「当然だ」

鎌幸が胸を張った。

「まさか、今も盗人をしているのではあるまいな」

「そのまさかよ。俺は一族の者から、偸盗術《ちゅうとうじゅつ》を習うために江戸にやってきたのだ」

「ほう、体得できたというのか」

先ほど塀から飛び降りて音もなく着地した光景を、直之進は脳裏に呼び起こした。あれは盗人としてはなかなかの技といってよい。しかも、鎌幸は夜目が利くようだ。それも自らのものにしたのだろう。沼里にいたときの鎌幸に闇が見透かせるはずはなかった。

「むろん体得した。俺は筋がよいとほめられた」

いうや、いきなり鎌幸が跳躍した。むささびのように飛ぶや、直之進の頭上を通り過ぎようとする。

直之進は遅れじと刀を抜き、頭上に向けて振り上げた。

ひらりと飛んで着地した鎌幸はすぐさま走り出そうとしたが、うっ、とうなって足をもつれさせた。崩れた体勢をなんとか立て直したものの、力なくしゃがみ込んだ。

「湯瀬、な、なにをした」

苦しげな顔で振り返り、鎌幸が直之進をにらみつけた。

「少し足を斬らせてもらった。深い傷ではないゆえ、医者に診せればすぐに治ろう」

くう、と悔しげな声を鎌幸が発した。

「俺を捕らえるつもりでやったのか」

「そうするしかあるまい。おぬしは盗人だ」

「まこと、それが理由か。きさまに呪いをかけるように依頼してきた者が誰か吐かせるためではないのか」

「そのことは、もはやどうでもよい」

本心から直之進はいった。千勢とのことはすべて解決したことだ。昔、千勢のことを誰が慕っており、誰が自分を妬《ねた》んだかなど、今さら知ってどうなるものでもない。

「そうか、きさまはもう気にしておらぬのか。さすがに器がでかいな」

「なに、大した器ではないさ。ところでおぬし、刀を盗み出すために町屋に火を放っただろう」

直之進が鋭い口調でいうと、鎌幸が、むっ、という顔つきになった。

「刀を取り返すために、そのような大それた真似をするはずがなかろう」

強く言い返してきた。

「だが鎌幸、火を放った上で襲いかかる、というのは忍びの常套《じょうとう》手段ではないか」

「その通りだ。風魔は特に火を用いるのを得手《えて》としたらしいが、俺は火など放っておらん。火事場の者にきくがいい。俺が火を放ったか放っておらぬか、はっきりしよう」

「では、そうさせてもらおう」

鎌幸まで、あと半間というところまで直之進は近づいた。

しゃがみ込んだまま、鎌幸がにやりとしてみせる。

「湯瀬、俺につかまるつもりはないぞ」

いきなり右足だけで立ち上がった鎌幸が走り出した。一瞬で姿が消えたように見えた。すでに五間先を駆けている。

「待てっ」

叫んで直之進は追いすがったが、鎌幸の足は止まらない。むしろ速さが増していく。

右足のみで、まるで案山子《かかし》が走るがごとく走っているが、両足を使っている直之進よりもずっと速い。みるみるうちに距離が開いていく。

数瞬後には鎌幸の姿は闇の中に吸い込まれ、直之進の視野から消えていた。気配も届かなくなっている。直之進は足を止めるしかなかった。

——なんともすさまじい技だな。

とても常人にできる真似ではない。鎌幸が忍びの技を習い、体得したというのは本当なのだろう。

刀をおさめ、直之進は足早に歩き出した。

また鎌幸に会えるだろうか。

会えるような気がする。

きっと今宵が最後ではあるまい。

いつしか胸にわだかまっていたいやな感じは消えていた。

歩き続けて直之進は火事場近くまで戻ってきた。どうやら三軒ほどの町屋を焼いただけですっかり鎮火し、残り火が螢《ほたる》のように明滅しているだけだ。

あたりには、火消したちがまだうろうろしている。火事場泥棒を見るような目を直之進に向けてきた。

「ちときくが」

そんな眼差しに構わず、直之進は若い火消しに言葉を投げた。

「なんですかい」

火消しは胡散臭《うさんくさ》そうな目を遠慮なく直之進に浴びせた。

「火元は知れたのか」

火消しの目を見返して直之進はきいた。

「ええ、わかりましたぜ」

「なんだった」

「寝つけない年寄りの煙草《たばこ》が火元ですよ」

「寝煙草か」

「そういうこって。一服して、そのまま目をつむって眠っちまったらしいんですよ。まったく危ねえったらありゃしねえ。お侍も気をつけなすってくだせいやし」

「俺は煙草はやらぬ」

「ああ、それがいいですよ」

「死者は」

「幸いなことに一人も」

「そいつはよかった」

礼をいって、直之進は若い火消しに背を向けた。ということは、鎌幸は嘘をいっていなかったことになる。

さて、と口にして直之進は前を向いた。きっとおきくは案じているにちがいない。早く無事な顔を見せてやらなければならぬ。

それにしても、と直之進は思った。まさか鎌幸と会おうとは思いもしなかった。

鎌幸は、直之進と同じ剣術道場に通っていた。筋は悪くなかったが、あまり熱心ではなかった。あの男には剣術よりも楽しいことがたくさんあったのだろう。

直之進のような一途な者を剣術馬鹿と見下すようなところがあった。

そのくせ、どういうわけか鎌幸は直之進との対戦を望んだ。腕には雲泥の差があり、鎌幸は直之進に歯が立たなかった。それでも懲りずに挑んできた。

直之進自身、鎌幸と立ち合うのはあまり好きでなかった。鎌幸が遣う剣が、いやらしかったからだ。素直さのかけらもない剣だった。立ち合っていて励みになったり、剣の楽しさを覚えたりすることなど、まったくなかった。いつも重苦しさを抱いて竹刀《しない》を振るっていたものだ。

――それにしても三人田か。どのような刀なのだろう。目にしたかったな。いや、望み続けていればいつか必ず目の当たりにする日がくるにちがいない。

ああ、と嘆声を放って直之進は足を止め、振り返った。三人田が盗まれたことを、あの大身の武家屋敷の者に知らせずともよかっただろうか。

仮に知らせたとしても、と直之進は思った。盗みに入られたことすら、武家屋敷の者は認めないだろう。なによりも体面を保つことに重きを置くからだ。

――仕方あるまい。知らせても、とりあってはくれまい。盗まれたことを認めぬ以上、あの屋敷の者は自らの力で探し出さなければならぬのだ。

直之進は、女房の待つ米田屋に向かって足を運び続けた。

五

疲れを感じた。

展兵衛と会ったせいか。

岩清水屋敷に戻ってきた三船象二郎は居室に引き上げ、一刻半ばかり横になった。

いくぶん疲れが取れたような気になった。まいるぞ。象二郎は浅羽邦三郎を連れて、岩清水屋敷を出た。

刻限は夜の九つ前である。

さすがに深夜ということもあって、道を行きかう者はほとんどいない。ほんの二刻ほど前の喧噪が嘘のように町はひっそりとし、酔っ払いのがなる声すら聞こえてこない。ときおり尾を引くような犬の鳴き声が耳に届くに過ぎない。

その静寂の幕があっさりと引きちぎられたのは、どこからか半鐘の音が打ち鳴らされ出したからだ。

「おや、火事のようですね」

半鐘の聞こえてくる方角に、邦三郎が目をやったが、すぐに象二郎を振り向いた。邦三郎が手に持つ提灯がわずかに揺れる。

「ご用人、あれはどのあたりでしょう」

「伝通院のほうに思えるな」

象二郎も半鐘の方角に顔を向けた。赤く染まった空がわずかにのぞいている。

「ならば、かなり遠いですね」

「うむ、こちらまで火が及ぶということはまずあるまい」

それから半刻ほど、象二郎と邦三郎は半鐘の音を聞きつつ歩き続けた。空には、あと少しで満月になるはずの月が相変わらずのんびりとした風情で輝いている。

提灯が不要なほどの明るさではあるが、江戸の町を提灯なしで歩くことは禁じられている。それを破ったからといって大した罪になるわけではないが、象二郎としては、つまらないことで足止めなど食いたくはない。

ずっと鳴り続けていた半鐘の音が不意にやんだ。

「鎮火したようですね」

邦三郎がいった。うむ、と象二郎はうなずいた。

「どうやら、大した火事にはならなかったようだな」

「やはり火元は伝通院のほうでしょうか」

「そのようだな。もっとも、あの大寺にはなんの被害もなかったのではないかな。そんな気がする」

「でしたら、草葉《くさば》の陰《かげ》で於大《おだい》の方さまも安堵されたのではないでしょうか」

伝通院には徳川家康の生母の墓がある。

「その通りかもしれぬ。ご自分が葬られている寺が燃えるさまは、やはり見たくあるまい」

象二郎と邦三郎は、辻番のある角に差しかかった。

辻番には腰の曲がった年寄りが一人詰めているが、遠くで起きた火事といえども、おさまったことで安心したか、床几《しょうぎ》に腰かけてこくりこくりと居眠りをはじめていた。

この付近は武家屋敷がかたまっているが、道の向こうは畑が数多く残り、何軒もの百姓家が建っている。濃い肥《こえ》のにおいが風に乗って鼻先を漂っている。

以前は田畑だったところが次々に潰され、武家地が拡張されていったのがよくわかる。今も武家屋敷を建てるために、田畑は更地にされ続けているのだろう。

辻番の角を曲がった邦三郎が歩調をゆるめ、提灯を掲げた。左側の建物が明かりに照らし出される。

そこは一軒の商家で、看板に武具、刀剣と出ており、屋根の上の扁額《へんがく》には奈納《なな》津屋《つや》とあった。

「ご用人、到着しました」

邦三郎が告げ、提灯を吹き消した。

付近は武家屋敷が多いものの、町地も少なからずあり、商家や町屋が通り沿いに軒を連ねている。

ここは巣鴨原町《すがもはらまち》二丁目である。町内はひっそりとし、人けはまったくない。

だが、近くには常夜灯の明かりがあり、うっすらとした光が足元に届いている。しかも、空にはこれから満月になろうという月が輝いている。道の端々まで見渡せるだけの明るさに満ちていた。

奈納津屋の戸はがっちりと閉めきられているが、臆病窓《おくびょうまど》の隙間からかすかに明かりが漏れている。

「起きてくれているようだな」

その明かりを見て象二郎はつぶやいた。

「訪《おとな》いを入れます」

臆病窓の前に立ち、邦三郎がそっと戸を叩いた。

あたりが深閑《しんかん》としているせいで、どんどん、という低い音が闇の中に半鐘のように響き渡った。町中の者が目を覚ましてしまうのではないかと思えるほどだ。

「はい」

中から応《いら》えがあった。

それを聞いて邦三郎が後ろに下がり、象二郎は進み出た。

臆病窓が、かたりと音を立てて開いた。二つの目があらわれ、油断なく見つめてくる。

「三船だ」

臆病窓を凝視し、象二郎は名乗った。

「ああ、いらっしゃいませ。お待ちいたしておりました」

臆病窓が閉まり、すぐにくぐり戸が開いた。

「どうぞ、お入りください」

あるじの甲兵衛《こうべえ》が頭を下げ、象二郎と邦三郎を招き入れる。

六畳ほどの土間の隅に行灯が置かれ、土壁や柱などを淡く照らしていた。

「こんなに遅くすまぬな」

象二郎は甲兵衛に向かって頭を下げた。

「いえ、かまいません。前もってお知らせをいただいておりましたので」

にこにことと、いかにも人のよさそうな笑みを浮かべて甲兵衛がいった。

「そういってもらえるとありがたい」

「三船さま、ここではなんですので、奥にいらしてください」

「いや、ここでよい。すぐに辞去させてもらうゆえ」

「しかし」

「よいのだ。用件はさっさとすませ、互いに早いところやすもうではないか」

「はい、わかりました」

後ろに立つ邦三郎に、象二郎は顔を向けた。

「三振りを奈納津屋にお返しせよ」

はっ、と答えて邦三郎が、紐でくくりつけていた三つの細長い荷物を背中から下ろした。

「おぬしに借りていた物だ。すべて返させてもらう」

三振りの刀を手にした象二郎は、甲兵衛に丁重に差し出した。

「お役に立ちましたか」

三振りの刀を大事そうに抱えて、甲兵衛がきいてきた。

「とても役に立った。まことにかたじけなかった」

「さようですか。それはよろしゅうございましたな」

甲兵衛が満面に笑みを浮かべる。

「おぬしから借り受けた三振りだ。奈納津屋、確かめてくれるか」

はい、と答えて甲兵衛が刀袋から三振りの刀を手際よく取り出した。

「失礼いたします」

象二郎たちに断ってから甲兵衛が一刀を手にして鞘から抜き、刀身を行灯の光にかざした。

「こちらは粟田口国綱でございますな。うーむ、相変わらずすばらしい」

何度も首を振って甲兵衛が、感に堪えぬといわんばかりの声を放つ。粟田口国綱を鞘におさめ、さらに一刀を手に取って静かに抜いた。これも行灯のそばで刀身をきらめかせる。

「うむ、これは紛れもなき二代目和泉守兼定でございます。こちらも、実にすばらしい出来でございますな」

最後に関の孫六も甲兵衛は確かめた。

「これもやはりすばらしい。手前、ため息しか出ません」

「まったくその通りだ。三振りともいずれ劣らぬ出来といってよい」

ほれぼれしたという顔で、甲兵衛が三振りの刀をいとおしそうに刀袋にしまい入れた。

「これほどの名刀を三振りも、おぬし、いったいどうやって手に入れたのだ」

そのことが以前から不思議でならず、象二郎はたずねた。

「おや、話しておりませんでしたか」

首をひねった甲兵衛がすぐに語り出した。

「手前が手に入れたわけではなく、うちの親父がうまいこと、やったのでございますよ。別にだまして入手したわけではないのでしょうが、手前が幼い頃、駿府《すんぷ》のほうで出物があったらしいのです」

「そうか、駿府でな。それからずっと持っているのか」

「売り買いというのも縁ですからね。本当にほしい人がいらっしゃれば、お売りいたしますよ」

「たとえば、この関の孫六はいくらだ」

そうですね、といって甲兵衛が首をひねる。

「関の孫六は、今もたいそう人気がございます。出来のよさも加味して、千五百両というところでございましょう」

ほう、と象二郎は嘆声を放った。

「さすがに高価だな」

後ろで邦三郎が目をむいている。そのことが、振り向かずとも象二郎にはわかった。

「とても手が出る代物ではないな」

「しかし、この関の孫六、いずれ岩清水さまにお佩きいただけるものと、手前は信じております。きっとそうなる日がやってまいります」

甲兵衛が熱弁を振るう。

この男、と象二郎は甲兵衛を見つめて思った。借り受けた三振りを、わしがどのような使い方をしたのか、知っているのだろうか。

人のよさそうな甲兵衛の表情からは読み取ることができないが、商人というのはさまざまなところに網を張り巡らせ、人々の考えや世の中の動き、時勢の流れを常に探ろうとしている。

岩清水家の動向も、甲兵衛にははっきりと見えているのかもしれない。

となれば、甲兵衛は三振りの名刀の役割がわかっているにちがいない。

だからといって、象二郎の策のすべてが見えているわけではなかろう。

「いかがされました」

怪訝な色を瞳に浮かべて、甲兵衛がきいてきた。

甲兵衛を凝視し続けていたことに、象二郎は気づいた。いや、といって軽く咳払いする。

「なんでもない。では奈納津屋、わしらはこれで失礼する。滅多に見られぬ三振りの名刀を貸してもらい、実に眼福だった」

「それはようございました」

満足そうな笑みとともに甲兵衛が丁寧に辞儀する。

「では、これでな」

会釈をし、象二郎はくぐり戸に向かおうとした。

「ああ、三船さま、今しばらくお待ちくださいますか」

「なにかな」

すぐさま甲兵衛に向き直り、象二郎はたずねた。

「三振りの貸証文をお返しいたします」

「ああ、そうであったな」

土間には沓脱石《くつぬぎいし》が置かれ、その先は三尺ほど上がった板の間になっている。板の間の広さは三畳ほどだが、そこに文机が鎮座していた。象二郎の文机よりもずっといい物だ。

沓脱石で草履《ぞうり》を脱いだ甲兵衛が板の間に上がり、文机の一番上の引出しを開けた。中から三通の書状を取り出して、また土間に降りてきた。

「こちらを」

甲兵衛が三通の書状を象二郎に渡す。

かたじけない、といって受け取った象二郎は行灯に歩み寄り、三通の書状の中身を確かめた。

関の孫六、粟田口国綱、和泉守兼定、それぞれの貸証文である。

「うむ、まちがいない」

象二郎は甲兵衛に大きくうなずいてみせた。

「三船さま、こちらで処分いたしましょうか。破って捨てるだけでございますが」

「いや、わしのほうで処分しよう」

三通の貸証文を、象二郎は丁寧に折りたたみ、懐にしまい入れた。

「奈納津屋、世話になった」

「とんでもございませぬ。手前は、岩清水さまのご先代さまに、ひとかたならぬご配慮を賜りましてございます。それは三船さまもご存じかと」

「ご先代はお顔が実に広かったな」

「はい。ご先代さまのご紹介により、手前は大勢のお得意さまに恵まれました。おかげさまで、商売の裾野は大きく広がりましてございます」

言葉を切り、甲兵衛がわずかに息をついた。

「ですので、手前は今のご当主であらせられる図書之助さまに恩返しを、と常に思っております。図書之助さま、三船さまのお役に立つことができるよう、力の限りを尽くそうと、いつも考えております」

「奈納津屋の厚情、心よりありがたく思うぞ。こたびも本当にかたじけなかった」

先に邦三郎が店の外に出て、提灯に火を入れた。貸証文をしまった懐を手で押さえつつ、くぐり戸を抜けて象二郎も路上に立った。

生ぬるい風が吹きすぎ、ささ、と音を立てて土煙《つちけむり》を巻き上げていく。空には、相変わらず皓々《こうこう》とした月があった。

象二郎たちを見送るためだろう、甲兵衛も表に出てきた。甲兵衛の足元に、月のつくる影がうっすらとできた。

「では、これで失礼する」

象二郎がいうと、甲兵衛が深く腰を折った。

「お気をつけてお帰りください」

「うむ、そうしよう」

甲兵衛に一礼してから邦三郎が歩き出し、象二郎も進みはじめた。

頭上から月光が射し込み、自分の顔を照らしているのを象二郎は感じた。歩きながら右手を伸ばし、頬に触れてみる。

どきりとした。頬は氷のように冷たくなっていたのだ。

これは、と象二郎は慄然《りつぜん》として思った。血が冷え切っているからではないか。

——わしは、おそらくこれから人として、してはならぬことをせねばならぬ。

むろん、象二郎にはその覚悟はある。
だがそれゆえに、人らしいぬくみ、ぬくもりを失ってしまったのではないか。
きっとそうにちがいあるまい。
だからといって、もはや後戻りするわけにはいかない。
邦三郎の背を見つめ、地面を踏み締めて象二郎は歩き続けた。

第二章

一

なにやら玄関のほうで人の声がしている。

来客だろうか。

文机から顔を上げ、三船象二郎は首をひねった。

この刻限に客人とは珍しい。すでに夜の五つを過ぎているのだ。

遅い刻限にもたらされる知らせにいいことは滅多にない。よくないことが起きたのでなければよいが、と象二郎は思った。

廊下を渡る足音が聞こえた。象二郎の部屋に近づいてくる。

象二郎が見つめる襖の向こう側で足音が止まり、ご用人、と呼びかける声があった。

「どうした、邦三郎」

文机の前に座したまま象二郎はきいた。

音もなく襖が横に滑り、邦三郎が顔をのぞかせた。

「客人でございます」

「ほう、どなただ」

両手を敷居際にそろえて、邦三郎が声をひそめた。

「波多野どのより、ご使者でございます」

「なんと」

波多野展兵衛からか。思いもしなかった名を耳にして、象二郎は驚きを隠せない。

「よし、通せ」

「いえ、もう帰られましてございます」

「なに」

「ご用人宛てに、こちらをことづかりました」

敷居を越えた邦三郎が象二郎の前に正座し、文らしい物を差し出した。

象二郎はさっそく開いて読んだが、すぐに眉をひそめた。

「波多野どのが会いたいといっている」

顔を上げ、邦三郎に告げた。

「今からでございますか」

目をみはって邦三郎がたずねる。

「そうだ。詳細は記されておらぬが、波多野どのに、なにかあったにちがいない」

文を折りたたみ、象二郎は立ち上がった。就寝の刻限には少し間があり、まだ寝巻には着替えていなかった。象二郎は腰に両刀を差し、羽織を着込んだ。

いったいなにがあったのだろう。展兵衛とは昨夜会って、五十両渡したばかりなのだ。

あれから、あわてて知らせを走らせねばならぬ急な出来事があったというのか。

なにがあったのか、気にかかってならない。とにかく今は、と象二郎は決意を新たにした。波多野展兵衛に会うしかない。

「ご用人、供は」

畳の上に端座している邦三郎が、象二郎を見上げている。一緒に連れていってほしいという目をしていた。

「一人で行く」

冷たいか、と象二郎は思ったが、単身で赴《おもむ》いたほうが自由が利いて、いいような気がしている。

「さようでございますか」

残念そうに邦三郎が目を落とす。

「すまぬな」

すぐさま目を上げ、邦三郎がたずねてくる。

「ご用人、波多野どのとはどちらで会われるのでございますか」

「昨夜と同じ場所だ」

「元飯田町でございますね」

「そういうことになるな。――邦三郎」

象二郎は呼びかけた。

「波多野どの使いとして誰が来たのだ」

「町人とおぼしき者でございます。それがしの知らぬ者で、名乗りませんでした」

そうか、と象二郎はいった。

「邦三郎、わしの不在中、殿のことをよろしく頼んだぞ」

「承知いたしました」

「おぬしが頼りだ」

「ありがたきお言葉――」

「では、行ってくる」

昨夜と同様、邦三郎の見送りを受けた象二郎は、提灯の明かりを頼りに歩きはじめた。一面の雲が空を覆っている様子で、月の姿はない。星の瞬きも見えない。

今日は、顔は青くないはずだ。それでも、歩きつつ象二郎は頰に触れてみた。顔はひんやりとしたままだ。

それも当然だな、と落胆することなく象二郎は思った。人の心を捨てているからだ。月光があろうとなかろうと、もはや関係ない。

ひたすら歩き続けた象二郎は四半刻後、昨晩会った名もない神社に続く石段の前にいた。提灯を吹き消す。一瞬で闇に包み込まれた。

目が慣れるのを待ち、象二郎は石段を上った。門をくぐって境内に足を踏み入れ、展兵衛の姿を捜す。

木々や竹林に囲まれた境内は昨夜以上の暗さに満ちているが、人の気配というのは、忍びのような者か、とんでもない遣い手でない限り、隠しようがないものだ。

あそこだ。象二郎は正面をじっと見た。

うっすらと人の影が、そこだけにじんだように色濃く見えている。展兵衛は本殿の前に立っているようだ。

目の前の石畳を踏んだ象二郎は、展兵衛に一間ほどまで近づいて足を止めた。

「波多野どの、昨日の今日という慌ただしさだが、いったいどうしたというのだ」

展兵衛の影を目でしっかりととらえた象二郎は、咎《とが》めるような口調できいた。

ふふっ、と展兵衛が笑いを漏らした。

「ここで昨日受け取った物《ぶつ》は、昨夜のうちに元に戻しておいた。誰にも見られておらぬゆえ、それについては安心してもらってよい」

象二郎の問いに答えず展兵衛がそんなことを口にした。暗闇の中、にやりとした気配があった。

「昨夜もいったが、俺は御簞笥番だ、そのような真似はたやすくできる」

「わしもそこを見込み、声をかけさせてもらったのだ」

「うむ、そうであったな」

「それでなにがあった」

勢い込んで象二郎は急かした。

もったいをつけるように展兵衛が間を置く。

「実はまずいことになった。……今日の夕刻のことだ。御城から下がってきたばかりの殿が、どういう風の吹き回しか、それがしたちの詰所においでになり、関の孫六を納戸から持ってくるようおっしゃったのだ」

そんなことがあったのか。悪い予感に襲われて、象二郎の心《しん》の臓《ぞう》がどくんと早鐘を打った。

「それで」

冷静になれ、と自らにいい聞かせて象二郎は展兵衛に先をうながした。

「もちろん、関の孫六を殿に差し出した。殿はその場で引き抜き、うっとりと刀身を眺めておられた」

関の孫六に遠藤盛定はとっくに飽きたのではないかと思っていたが、そうではなかったということか。いや、飽きたのかもしれないが、ときに急に目にしたくなる衝動に襲われるのは、よくあることだ。

「頬をゆるませて殿はしばらく眺めておられた。ご満足いったか、刀を鞘におさめようとしたものの、ふと首をかしげられ、刀身に厳しい眼差しを注がれはじめた」

偽物であることを見抜いたのか、と象二郎は表情を厳しくした。だが、盛定がそこまでの目利きであるはずがない。あれだけ精巧なものなのだ、見破れるわけがない。

そのことを裏づけるように展兵衛がいう。

「殿が偽物と看破《かんぱ》されたわけではない。なにかがちがうような、という感じの微妙な思いを抱かれたようだな」

うむ、と象二郎はうなずいた。そのくらいならあり得そうだ。

さすがに盛定はこれまでおびただしい名刀を目にしてきただけのことはある。それなりの目を持っているのだ。少し甘く見すぎたかもしれない。

「殿の不審の雲は消えることなく、むしろ大きくなったようで、どうやら鑑定に出されるらしい」

「なんと」

青天《せいてん》の霹靂《へきれき》とはこのことだ。

「信濃守さまは、どこに鑑定に出すというのかな」

「三船どのがご存じかどうか、佐賀大左衛門という御仁だそうだ」

なにっ。それはまずい。冷や汗が背筋を流れていくのを、象二郎ははっきりと感じた。

考えてみれば、もともと盛定と大左衛門は昵懇《じっこん》の仲ではないか。鑑定を依頼するのは当然のことだろう。大左衛門ならば、偽物であるとたちどころに見破るにちがいない。

「三船どのは、佐賀大左衛門どのをご存じのようだな」

それには答えず、象二郎は別の問いを展兵衛に放った。

「信濃守さまは、佐賀さまにいつ鑑定に出す気でいるのだ」

気持ちが高ぶるのを、象二郎は止めようがなかった。

「若年寄という職は激務ゆえ、今日明日に、ということはなかろう。だが、近日中であるのはまちがいない」

もし偽物とすりかえたことがばれたら、あるじの図書之助が官職を得ることなど、夢でしかなくなる。

それだけではない。岩清水家には咎めも考えられるのではないか。取り潰しまでには至らないかもしれないが、減知《げんち》くらいは十分にあり得る。

偽の関の孫六を佐賀大左衛門に鑑定させることだけは、なんとしても阻止しなければならぬ。

それにはどうすればよいか。

知恵をしぼって象二郎は考えはじめた。

いま関の孫六の偽物は、若年寄遠藤盛定の屋敷内にある。本物は昨夜、奈納津屋のあるじ甲兵衛に返したばかりだ。

甲兵衛にいえば、関の孫六はまた貸してもらえるだろう。そうして借り受けた本物を展兵衛に渡し、遠藤屋敷から偽物を取ってきてもらえばよいのではないか。それで、本物を大左衛門に鑑定させればよいのだ。

遠藤盛定の関心が関の孫六から冷めた頃、また本物と偽物を入れ替えれば、きっとなにごともなく終わるのではないだろうか。

——これでよし、大丈夫だ、行ける。

顔を上げ、象二郎は力の籠もった目で展兵衛を見つめた。

「いま偽の関の孫六は、御箪笥番の手元にあるのだな」

「いいや」

象二郎の願いを打ち砕くように、展兵衛がかぶりを振った。

「殿がお持ちだ」

なんだと。象二郎は衝撃を受けた。

「殿しか入れぬ刀部屋にある。しょっちゅう小姓が見回るゆえ、本物と偽物の入れ替えはできぬ」

突き放すような口調で展兵衛がいった。

うーむ。我知らず象二郎はうなり声を発していた。

——だとすればどうすればよい。

再び象二郎は考え込んだ。脳裏に思い浮かんだことがある。

手はこれ一つしかないのではないか。

それからしばらく考えたが、ほかに手はなさそうだ。

仕方あるまい。何度考えようと、これしか手立てはないだろう。情け容赦なく、決然とことを行うのだ。

やるのだ。やるしかない。

境内の闇の中、象二郎はかたく決意した。

「それで三船どの」

おずおずという感じで、展兵衛が声をかけてきた。

「それがしは、とても大事なことを三船どのに伝えたようだな。ちがうか」

「いや、その通りだ。おぬしのおかげで、途轍《とてつ》もなく重要なことをわしは知ることができた。感謝している」

「やはりそう思っていただけるか。ありがたい。では三船どの、今宵の礼をいただけるか」

象二郎は一瞬、虚を突かれた。この男が、まさか今宵の謝礼を求めてくるとは思ってもいなかった。

だが、と象二郎はすぐさま思案した。波多野展兵衛というのはこんな男なのだ。

うまくやれば、展兵衛はまだまだ使えるだろう。せっかく遠藤家に利用できる男を見つけたというのに、縁を切ってしまうことはない。

それに、と象二郎は冷徹に思った。波多野展兵衛を殺そうと思えば、いつでもできるのだ。その必要を感じたときに、息の根を止めればよい。

「波多野どの——」

やんわりと笑みを浮かべて象二郎は呼びかけた。

「それなりのものを用意するゆえ、謝礼は今度会ったときでよいか。そのときにまとまった額を渡そう」

「もちろんでござる。まとまった額というと、いくらでござろう」

展兵衛はいかにも下卑た顔をしている。

「二千両でござる」

なんの感情もまじえずに象二郎はいった。

「に、二千両……」

驚きのあまり、展兵衛が目をむいた。

「ま、まことか、三船どの」

闇の中、展兵衛が一歩前に出た。

「まことよ」

「し、しかし、なにゆえ三船どのは、そのような大金をくれるのだ」

「万が一、こたびの一件が露見し、波多野どのがそれがしに合力《ごうりき》していたことが知れてしまったら、波多野どのは主家を離れざるを得なくなろう。しかし、二千両もあれば、当分のあいだ食うに困らぬはずだ」

「一生食っていけよう」

「わしの企みに、波多野どのを引き込んでしまった。その償いはせねばならぬ」

「さようか。まことに三船どのは律儀なお方よな。しかし本当に二千両もいただけるのか」

「もちろんだ。波多野どの、やせてもかれても岩清水家は七百八十石の旗本にござる」

口調に威厳をにじませて象二郎は告げた。

「今は小普請入りといえども、先代は公儀において御蔵《みくら》奉行をつとめられたほどのお方だ。御蔵奉行は旨みのある職務だ。ゆえに、今も貯えはかなりのものがある。たかが、二千両程度で岩清水家の屋台骨が揺らぐようなことはない」

「別にそれがしは、岩清水どのに二千両という金が出せるかどうか、疑ったわけではない。しかし二千両という金を、たかが、といえるのはすごいの一語に尽きる」

口を閉じ、展兵衛が象二郎をじっと見る。

「三船どの、二千両をいついただけるか、うかがっておいてもよいか」

「屋台骨が揺らぐことはないといっても、さすがにまとまった額ゆえ、少し時をいただけるか。五日後ではいかがかな」

「五日後。十分でござる。まったくありがたい話としかいいようがない」

もし二千両もの金を手にしたら、展兵衛は遠藤家を致仕《ちし》するつもりではないのか。もともと主家に対し、忠誠心などこれっぽっちもない男のはずなのだ。

それは、非番の日に昼間から煮売り酒屋で飲んだくれている光景を目の当たりにしたとき、象二郎は確信した。

展兵衛は、妻子はむろん、二親《ふたおや》はなく、兄弟もいない。天涯孤独の身である。しかも金に汚く、女にだらしない。象二郎の策に荷担させるのに、これ以上の者は望めないといってよい。

「三船どの、どのような手を使うかは知らぬが、鑑定の阻止は、とにかく急いだほうがよかろう」

象二郎の思惑などつゆ知らず、展兵衛がそんなことを口にした。

「うむ、よくわかっている」

展兵衛を見返して象二郎は深くうなずいた。

「一両日中に、わしから波多野どのに、二千両を受け渡す場所と刻限を記した文を送る。波多野どの、それでよいか」

「もちろん」

破顔して展兵衛が答えた。

「では、これでわしは失礼する。波多野どの、知らせてくれてかたじけなかった」

一礼した象二郎は暗さに満ちた境内を突っ切り、門をくぐり抜けた。足早に石段を降りる。

やるなら確かに早いほうがいい。

今宵のうちに、と象二郎は思った。根岸《ねぎし》の屋敷に張りついてみるか。

それがよい。

象二郎はためらうことなく断じた。

石段を降りきったところで、首筋に妙な気配がした。

一瞬立ち止まった象二郎は、あたりを見回した。針が落ちる音も聞きのがすまいと耳をそばだてる。

妙な気配はあとかたもなく消えていた。

勘ちがいか。

象二郎は、自分の振る舞いが人として決してほめられたことではないと重々承知していた。その負い目が、あらぬ気配を感じさせたにちがいない。

そう自分にいいきかせると、象二郎は決然と顔を上げて歩き出した。

二

はっ、として目を覚ました。

障子戸の向こうは、すっかり明るくなって、朝の陽射しが障子を照らしている。

寝過ごしたか、しまった、と直之進はあわてて起き上がった。

だが、すぐに胸をなで下ろした。半間ばかり先の台所に立つおきくの後ろ姿が、目に飛び込んできたからだ。

おきくは今、朝餉《あさげ》の支度をしているようだ。味噌汁のにおいがふんわりと漂っている。

おきくが朝餉をつくっているということは、と直之進は思った。夜が明けて、まださしてたっていないという証だろう。寝過ごしてはいないのだ。

——ふむ、いいにおいだな。

食い気をそそられた直之進は、くんくんと鼻を鳴らした。味噌汁の匂いのほかに、魚を焼いたらしい香ばしい匂いもしている。

竈《かまど》の薪が発している煙は大半が天井のほうへと逃げていくが、むろんすべてが外に出ていくわけではなく、狭い店《たな》の中は煙ったようになっている。

「おきく、おはよう」

布団の上にあぐらをかいて、直之進は女房に声をかけた。

「おはようございます」

おたまを手にし、少し目を赤くしたおきくが振り向き、にっこりと笑いかけてきた。

「あなたさま、よく眠っていらっしゃいましたね」

竈には火口《ひぐち》が二つあり、左側には飯炊きの釜がのっている。飯はすでに炊き上がっているようで、今は蒸らしの最中らしい。おきくは右側の火口の前に立っていた。

「ああ、本当によく寝た」

あぐらをかいたまま、直之進は大きく伸びをした。

なにもいわず、笑みを見せたおきくが、おたまで味噌汁の味見をする。満足のいくものができたようで、深くうなずいた。鍋に蓋をし、その上におたまを置く。

いつものように一日が始まる。なんの変哲もない日常だが、なんとありがたいことか。

あぐらをやめ、直之進は居住まいを正した。

「一昨日《おととい》の晩は勝手な真似をして、心配をかけたな。すまなかった」

改めていうと、目尻を和《なご》ませて、おきくが直之進を見つめる。

「いいえ、謝られるほどのことではありません。気がかりを感じて深夜にもかかわらず出かけるなど、いかにもあなたさまらしいですから」

直之進の脳裏に、一昨夜会った鎌幸のことがよみがえった。まさか行方知れずの男に江戸で会うとは思っていなかった。

沼里の嘉座間神社にあった三人田という名刀を取り戻すために、大身の武家屋敷に忍び込んだと鎌幸はいっていたが、本当だろうか。

案山子のように片足だけで飛ぶように走ってみせたあの技を見る限り、ただの盗人ということはなさそうだ。

いま鎌幸はどこにいるのか。知る由《よし》もないが、やつとはいずれまた会うことになろう。直之進はそんな気がしてならない。

――足を斬られ、やつは俺のことをうらみに思っているはずだ。うらみを晴らしに、またあらわれるにちがいない。

火事の夜、鎌幸と話していて気づいたことが直之進にはある。

千勢を狙っていた男というのは、実は鎌幸本人なのではないか。

――俺に呪いをかけるように依頼を受けたといっていたが、そんな男はこの世にいないのではあるまいか。

鎌幸は千勢のことが好きでたまらず、なんとしても直之進との縁談を破談に持ち込みたかった。剣術の腕が比べものにならないにもかかわらず、道場で突っかかるように直之進に挑んできたのも、憎しの気持ちが高じたゆえではなかったのか。

今度やつに会ったら、と直之進は決意した。そのことをただしてみよう。

「あなたさま、どうかされましたか」

急に黙り込んだ直之進を気にして、おきくが案じ顔で見つめている。

「一昨日のことで、ちと思い出したことがあったのだ」

「火事場でなにかありましたか」

興味深げな目を、おきくが直之進に当てている。

「実は沼里の者と会ったのだ」

「沼里のお方と……」

どんなことがあったのか、直之進はおきくに語って聞かせた。夫婦のあいだで秘密を持つ気は端《はな》からないし、鎌幸のことはもとより秘匿《ひとく》するほどの事柄ではない。

「そのようなことがあったのですか」

聞き終えて、おきくが驚きの眼差しを向けてきた。

「そうなのだ。あの晩は米田屋までそなたを迎えに行ったはよいが、俺も疲れていて、鎌幸のことを話すことができなかった」

「いいえ、それはよいのです。あなたさまが迎えに来てくださっただけで、胸が一杯になりましたから。それに、沼里の方のことを話してくださって、私はとてもうれしく思っています。でも――」

不安そうにおきくが瞳を揺らした。

「どうした、おきく」

「その鎌幸という人に呪いをかけられたということですが、あなたさまは本当に大丈夫なのですか」

「大丈夫さ」

一顧《いっこ》だにすることなく、直之進は笑い飛ばした。

「やつが呪いをかけたのは、もう四年も前のことだ。呪いの術がまったく効いておらぬのは、俺がこうしてぴんぴんしていることが証しているではないか」

「十町も離れている火事場からいやな気配をあなたさまが感じたのは、呪いが今も残っているからではありませんか」

「そのことは俺も考えた」

直之進はおきくの言《げん》を認めた。

「だが、呪いのせいでいやな気配を感じたわけではないだろうと今は思っている。どのような形で鎌幸がこの先関わってくるかわからぬが、火事の晩、俺がいやな気配を覚えたのは、天があの男に俺を引き会わせようとしたのではないかな」

「天が、ですか」

うむ、と直之進は顎を引いた。

「この世に偶然はない、と俺は思っている。なにごともすべて必然だ。となれば、あの男に昨夜出会うことになったのも、天が仕組んだことになろう。やつとの出会いに、なんらかの意味があるにちがいないのだ」

「なんらかの意味が……。さようですか」

直之進をじっと見て、おきくはうなずいてくれた。目の色で直之進を深く信頼しているのがよくわかる。

「ところでおきく、今は何刻かな」

直之進としては鎌幸の話題はこのくらいにしておきたかった。

「はい、六つ半を少し過ぎたところだと思います」

味噌汁の鍋を竈から外し、おきくが土間の上の鍋敷きの上に置いた。

「もうそんなになるのか」

直之進は少し驚いた。夜が明けてから、すでに半刻以上が経過しているのだ。普段は、夜明け前の七つ半には必ず目を覚ましているのだ。これだけ長く寝ていたのは、いつ以来だろうか。

「倉田《くらた》さまとのお約束は五つでしたね」

振り返り、おきくが確かめてきた。

「そうだ。まだ少し余裕があるな。しかし倉田は江戸者ゆえ、せっかちなところがある。約束の刻限よりずっと早く来るかもしれぬ」

「私も江戸っ子ですよ」

蒸し上がった飯を釜からお櫃《ひつ》に移しながら、おきくがいう。

「そうだったな。実はおきくもせっかちなのではないか」

ふふ、とおきくが小さく笑い、お櫃に蓋をした。柄杓《ひしゃく》を用いて、瓶《かめ》から空《から》になった釜に水を入れはじめる。

「あなたさま、ご存じありませんでしたか。私はすごくせっかちですよ。なんでも早く片づけないと、気がすまないたちですから」

「そうだったのか。ならば、俺がいつまでもぐずぐずと寝ていて、おきくは腹立たしかったのではないのか」

「ええ、実は。――ううん、嘘です」

まるで町娘のような華やかな笑みを、おきくが見せた。

「あなたさまの寝顔がかわいくて、私、しばらく見入っていたくらいですから」

「まことか」

直之進は目をみはった。まったく気づかなかった。これでは刺客に近づかれたら、どうなることか。あっけなく殺されてしまうのではないか。

いや、と直之進は思い直した。そんなことはあるまい。なんの邪気もないおきくの気配だからこそ気づかなかっただけで、害意を抱いて近づいてくる者を察知できぬはずがないではないか。

「おきくは、俺の寝顔がかわいく見えるのか」

少し照れながら直之進はきいた。

「あなたさまは赤子のようにお眠りになっていて、本当にかわいらしかったのですよ。でも、あなたさまの顔をじっと見るというようなことは、好き合って一緒になった夫婦なら、当たり前のことではないでしょうか。もしあなたさまの顔がかわいく見えなくなったら、私たちはきっと冷めはじめているのでしょう」

「冷めぬように、こちらも気を引き締めなければならぬな」

「それは私も同様です。――あなたさま、朝餉はもうでき上がります」

「ならば、歯を磨くとするか」

すっくと立ち上がった直之進は、まず布団を畳んだ。いつも、私がやります、とおきくはいってくれるのだが、布団を畳むくらい、自分でやれる。女房の手を煩《わずら》わせるほどのことではない。一人暮らしが長かったせいで、自分でやる癖が直之進には自然に身についている。

おきくは、そんな直之進を温かな目で見ている。

笑みを返して土間に降り、直之進は瓶の水を汲《く》んで使い古しの湯飲みに注いだ。塩と房楊枝《ふさようじ》で歯を磨く。湯飲みの水でうがいをすると、口中がすっきりした。

――よし、これでうまい飯にありつけるというものだ。

「どうぞ」

おきくが差し出してきた豆手ぬぐいを、ありがとう、といって受け取り、直之進は口元を丁寧にぬぐった。豆手ぬぐいを、おきくに返す。

すでに、二つの膳が薄縁《うすべり》の上に置かれている。直之進が歯を磨いているあいだに、おきくが用意したのだ。

直之進は奥の膳の前に座り込んだ。おきくがお櫃を持って向かいに正座する。

膳の上にのっている料理を見て、直之進は唾が湧いた。

「鰺《あじ》の干物ではないか。朝からずいぶんと豪勢だな。今日はなにか特別な日か」

「もちろん特別な日です」

胸を張っておきくが答える。

お櫃の蓋を開け、おきくがしゃもじを使って茶碗に飯を大盛りに盛った。飯は、ほかほかと、うまそうな湯気を上げている。

「今日は、佐賀さまのお話がついに動き出す日ではありませんか。特別な日に決まっています」

山盛りの茶碗を受け取り、直之進は膳の上にのせた。鯵の干物以外に膳にあるのは、納豆に青菜のおひたし、わかめと葱《ねぎ》の赤味噌の味噌汁に梅干し、たくあんというものだ。朝からこんな豪華な料理など、日々を暮らしていてそうそうあるものではない。

おきくも自分の飯を茶碗によそい、膳に置いた。

「おきくは、佐賀どのの話がすばらしいものと思っているのだな」

「もちろんです。これ以上ないお話だと思っています」

うむ、と直之進は大きくうなずいた。

「おきくのいう通りだ。こんなありがたい話はそうあるものではない。おきく、祝ってくれてありがとう」

おきくに対する感謝の思いを伝えるのに、直之進はいい足りなさを感じた。もっともっといろいろな言葉で謝意をあらわしたかった。じれったく、もどかしくてならない。自分にもっと学があればよいのに、と思った。

「あなたさまの晴れの日の門出を祝うのは、妻として当たり前のことでしょう。けれど、そういうふうにいってくださると、あなたさまのために鰺の干物を求めた甲斐があったと、とてもうれしく思います」

弾んだ表情でおきくがいった。

「おきくのいう通り、今日はまさに晴れの日だな」

「それなのに鯛《たい》でなく、すみません」

「鯛より鰺のほうが好物だ。ではおきく、いただこうか」

「はい。――いただきます」

直之進とおきくは両手を合わせた。二人そろって箸《はし》を取り、朝餉を食べはじめる。

椀を手に取り、直之進はまず味噌汁をすすった。味噌の赤色が実に美しく感じられる。わかめと葱という具に、赤味噌が実に合っている。

直之進は鰺の干物を箸でほぐし、身を口に運んだ。ほんのりと塩味がついており、飯との相性はぴったりだ。

「うむ、うまい。これは塩加減が実によい。まさに絶品だな」

世辞でもなんでもなく、直之進は感嘆の声を放った。

「それはようございました」

鰺に箸をつけると、おきくもそっと口に入れた。

「脂ののりがよくて、とてもおいしい。……矢崎屋《やざきや》さんのお魚は、やはり物がいいですね」

「矢崎屋という魚屋は近所にあるのか」

「裏通りにある小さい店ですが、扱っている魚は確かです。よそに比べたら少し高いですけど、いい物しか置いていません」

「自信のあるよい物をふさわしい値で売る。そういう商売こそ、商売人が取るべき道であろうな。いったん信用を得られれば、少々高かろうが、客はつく。目と舌が肥《こ》えている客は必ずいるものだからな」

はい、とおきくが首肯する。

「矢崎屋の商売のやり方は、人の生き方にも通じるものがあるのではないかな。真っ当で、天に対してなんら恥ずべきことがない。俺も見習わなければならぬ。——おきく、少し説教臭かったかな」

「そんなことはありません。天に対してなんら恥ずべきことのない生き方というのは、心にしみました」

朝餉を終え、直之進とおきくはゆったりと茶を喫した。せわしく時が過ぎていく中、こういうのんびりとした時間は、とても貴重に思える。見つめ合って茶を飲んでいると、夫婦になったのだな、という実感も改めて湧いてくる。

「ごちそうさま」

湯飲みを膳に置いて、直之進は感謝の気持ちを妻に告げた。

「お粗末さまでした」

笑顔でおきくが応じ、二つの膳を手際よく下げた。

一緒になった当初、食器洗いも直之進は手伝おうとしたが、おきくが、これは私がやります、女の仕事ですから、ときっぱりと断った。さすがにそれに逆らう気はなく、食器洗いはおきくに任せている。

食器が触れ合う音を耳にしながら、直之進は目を閉じた。しみじみと幸せを感じる。今朝のこの幸せに関していえば、まちがいなく佐賀大左衛門が運んできてくれたものだ。

半月ほど前のことが、直之進の脳裏によみがえってきた。

小鬼の隅三《すみぞう》という凶悪な犯罪人の一件の解決に、直之進や倉田佐之助《くらたさのすけ》が一役買った二日後のことだ。大左衛門が薬種問屋の古笹屋《こざさや》のあるじ民之助《たみのすけ》と一緒に、この長屋にやってきたのである。

小鬼の隅三に民之助は命を狙われ、さらには購《あがな》ったばかりの向島《むこうじま》の別邸に火を放たれたが、直之進と佐之助の活躍もあって、かろうじて命を長らえることができた。民之助はその礼をいいに来たのだが、大左衛門には、直之進に別の用件があったのだ。

大左衛門は、思いもかけない提案を持ちかけてきたのである。

幕府の直轄の学問所で天下の偉才、秀才が集う昌平坂学問所《しょうへいざかがくもんじょ》に劣らない学校を設立しようという考えを述べたのだ。学問だけでなく、剣術や槍術《そうじゅつ》、弓術《きゅうじゅつ》など武術にも重きを置く、文武両道の学校をつくりたいという構想を大左衛門は練《ね》っていたのである。学校設立の狙いは、むろん人材育成のためだ。人々や国のために役立つ人材を、学校を設立することで輩出したいと考えているのである。

その剣術の師範代にいかがかと、直之進は招聘《しょうへい》された。剣術は体を鍛えるだけでなく、心も鍛えることができる。学業だけしていても、頭でっかちの者になってしまうのではないか。心身ともに健《すこ》やかな者こそ、真の人材といえる。そういう者をたくさん育てたい、と大左衛門はいった。その話を聞いた瞬間、直之進の心は躍った。

学問に関しては漢学、儒学だけでなく、医術や薬学も学べるようにするという考えも大左衛門は持っていた。

大左衛門の盟友で、後援者でもある民之助は薬種問屋のあるじだけあって、漢方に造詣《ぞうけい》が深い。その学校の設立に合力するだけでなく、民之助も教授方の一人として加わることになるだろうとのことだった。

それらのことを訥々《とつとつ》とした口調で大左衛門に聞かされ、しばらく直之進は声を失ったものだ。すごい、としかいいようがなかった。こんなことを考えつく人間がこの世にいることにも、新鮮な驚きを覚えた。

心は躍っていたものの、そのときは少し考えさせてください、と答え、直之進はすぐさまおきくに諮《はか》ってみた。

おきくは真剣な顔で、是非ともお受けなさってください、といってくれた。

おきくに後押しされるまでもなく、直之進の腹はすでに決まっていた。これまでずっと用心棒稼業で糊口《ここう》をしのいできたが、ついに正業ができるのだ。断る理由など、どこにもなかった。

こんなによい話が舞い込んでくることは、この先、もう二度とないのではないか。

もちろん、用心棒稼業は命を張って依頼人を守るという、やり甲斐のある仕事である。それをやめてしまうことに、直之進の中に一抹《いちまつ》の寂しさはあった。だが、大好きな剣術に専念でき、しかもそれを暮らしの糧《かて》にできるというのは、幸せなことだとしかいいようがない。

剣術道場の師範代にはもう一人、倉田佐之助どのにも加わってほしいのでござるよ、とも大左衛門はいった。

時を置かずに直之進は音羽町《おとわちょう》の長屋を訪ね、佐之助の気持ちを確かめた。ありがたい話だ、と佐之助も受けることに否やはなさそうだった。そのとき千勢もお咲希《さき》も一緒に直之進の話を聞いていたが、うれしそうにしていた。

大左衛門と民之助から話をもらってから、ほぼ半月がたった。それが今日、本格的に動き出すのである。

「あなたさま、そろそろですよ」

おきくにいわれ、直之進は目を開けた。おきくが、手ぬぐいで手を拭きながら近づいてきた。

「おっ、もうそんな刻限か」

「そろそろ五つになりましょう」

「わかった」

立ち上がった直之進は外に出た。朝日が射し込んできている路地を歩き、厠《かわや》で用を足した。

店に戻ろうとして、井戸のところに長屋の女房衆が集まっているのが見えた。五、六人の女房が、洗濯しながらにぎやかに話をしている。

「湯瀬の旦那、一昨日は大火事にならずによかったね」

はす向かいの店に住むおくりが、たらいの前にしゃがみ込んで笑いかけてきた。おくりに会うのは火事の晩以来だ。

「ああ、まったくだ」

「旦那になにもなくて、ほっとしたよ」

「心配をかけた」

「無事な顔を見て、おきくちゃんも喜んだんじゃないかい」

「その通りだ」

「湯瀬の旦那、おきくちゃんを悲しませるようなこと、しちゃ駄目よ」

「それはよくわかっている」

そのためにも、と直之進は思った。用心棒稼業から足を洗う、というのはとてもよいことなのではないか。道場で剣術を教えるのなら、命を危険にさらすことはまずないだろう。

朝の挨拶《あいさつ》をしてくるほかの女房衆にも会釈《えしゃく》を返して、直之進は店に戻った。

だが、と雪駄を脱ぎ、薄縁の上に足を置いて思った。命を削るも同然だが、血湧き肉躍るような仕事を本当にやめられるのか。

一瞬でも気をゆるめたら死が待っている立ち合いを、直之進はこれまで幾度も経験してきた。あの白刃《はくじん》の下をかいくぐる緊張感を、果たして忘れられるものなのか。

「あなたさま、これを」

おきくが着物を出してくれた。ありがとう、と直之進はいった。

——忘れるしかあるまい。もし俺に万が一があり、おきくを悲しみのどん底に沈ませるようなことになったら、どうするのだ。用心棒稼業はもう終わりにするのだ。

自らにいい聞かせて、直之進は着替えをはじめた。おきくが手伝ってくれた。

「どうかな」

自分の身なりを見下ろして、直之進はおきくにきいた。おきくがにこにこして見ている。

直之進は藤紫《ふじむらさき》の銀通縞の小袖《こそで》に、黒地に白の縞が入った袴《はかま》を身につけている。

「惚れ直しました」

目を輝かせておきくがいった。

「そうか、おきくがそういってくれるのなら、安心して出かけられるな」

身につけた着物は、大左衛門の話をもらって特別にあつらえたものではない。まだ直之進が独り身だった際、購っておいたものだ。

それが、ようやく日の目を見るのである。

三

足を止め、深編笠《ふかあみがさ》を傾けた。

昇って間もない太陽が、つややかな光で根岸の地を明るく照らしている。

この前、象二郎は三振りの刀を鑑定してもらおうとこの地に足を踏み入れた。

象二郎がたたずむ松の大木の陰から、屋敷までほんの一町もない。

鬱蒼とした林の手前に、ぐるりを低い塀に囲まれた柿葺《こけらぶ》きの母屋が建っている。

ほかにも、広々とした庭には離れや東屋《あずまや》が見える。敷地の端には、お宝でもおさまっているのか古びた蔵も望めた。

こうして改めて眺めてみると、江都一《こうといち》の通人と呼ばれるだけの男が暮らすにふさわしい屋敷といってよい。

屋敷には古風な雰囲気が漂っているが、全体の造りがどこか瀟洒《しようしや》なのだ。住み心地はすばらしいのではあるまいか。

あそこに、と母屋をじっと見て象二郎は考えた。今も佐賀大左衛門はいるのだろうか。

――いれば話はたやすいのだが。

そんなことを思って、象二郎は深編笠をかぶり直した。

象二郎の顔を隠しているのは深編笠だけではない。大事を取って、頭巾もかぶっていた。

そんな姿をもし誰かに見られたら、怪しまれるだけではすまないのではないか。いくらこちらが侍といえども、自身番の者が事情を聞きに姿をあらわすのではあるまいか。

あの屋敷に佐賀大左衛門がいるとして、どうすればよいか。

道々、象二郎はいろいろと思案を巡らせてきたが、どんな手段を用いれば大左衛門を害することができるのか、結論は出なかった。

だが、もはや先延ばしはできない。

もし今も屋敷にいるのなら、押し込むべきなのではないか。金目当て、お宝目当ての者の仕業《しわざ》ということにして、大左衛門の命を奪ってしまえばよいのではなかろうか。

悪い手ではないような気がする。

なにより、と象二郎は思った。根岸は墨引内《すみびき》ではないことが大きい。

つまり、この地で犯行に及んだとしても、町奉行所は動かないというわけだ。

象二郎にとって、それはひじょうにありがたいことに感じられた。しかし、だからといって、心の重荷が軽くなるわけではない。

やはり、人の命を奪うという所業は、魂を売るようなものなのだ。不届き千万な真似なのだ。

だが侍である以上、象二郎はいつでも人を斬る覚悟を心に秘めている。

とにかく、と思案を続けた。町奉行所の手が伸びないのであれば、ここでやるべきだろう。いや、やるしかないのだ。

象二郎はかたい決意を胸に刻んだ。

よし、と無言の気合をかけて踏み出そうとした。しかし、すぐに足は止まった。

俺は、本当に佐賀大左衛門を殺せるのか。果たしてそこまでやる必要があるのか。

まさかこの期に及んで、ためらいが生じるとは思ってもいなかった。そんな自分に象二郎は驚いたが、これまで人を殺《あや》めたことがない以上、それはやむを得ないことかもしれない。

侍にあるまじき動揺に情けなさも覚え、むう、と象二郎は心中でうなり声を上げた。

もし殺さぬというのなら、どうすればよいのだ。

深編笠の中の顔をしかめて、象二郎は自問した。

つまり、とすぐに答えを得た。佐賀大左衛門が鑑定できなくなればよいのだ。

象二郎は考えを進めた。

脳裏に、これでよいのではないか、という案が浮かんできた。

——佐賀大左衛門の目をやってしまえばよいのだ。

しかし、と象二郎はすぐに思った。刀で目を斬ってしまえば、失明は免《まぬが》れまい。

趣味人が目を失って、生きていられるのか。生きるよりも辛いのではあるまいか。

いや、と象二郎は顔を上げた。佐賀大左衛門のことよりも、今は主家を守ることだけを考えるのだ。

よし、佐賀の命は取るまい。あの屋敷に押し入り、佐賀の目を奪おう。

足を前に出そうとしたとき、象二郎は屋敷の門が開いたのを見た。

むっ。目をみはった。

門を出てきたのは、佐賀大左衛門その人ではないか。

まちがいない。供を一人連れている。あれは、あのとき取り次いでくれた下男であろう。

佐賀大左衛門は出かけるようだ。

どこに行くのか。

いや、それは関係ない。今ここで襲いかかってしまえばよいのだ。

だが、とまたも象二郎は思いとどまった。この付近には、野良仕事をしている百姓の姿が散見できる。ここからは一町以上の距離があるが、もし大左衛門や下男に悲鳴でも上げられたら、あっという間に駆けつけてくるのではないだろうか。

百姓だからと、侮《あなど》ってはいけない。百姓は自分たちで村を守るという気持ちが途轍もなく強いのだ。村に入り込む不審な者を見つけたら、誰何《すいか》どころか、ひっ捕まえることも躊躇《ちゅうちょ》しない。犯罪者とあれば半殺しの目に遭わせることも平気でそうだと聞く。

——ここでは駄目だ。襲うのは別の場所だ。後をつけ、人けがなくなるのを待つしかない。襲うのはそのときだ。

大左衛門主従は、こちらへとやってくる。隠れねばならぬ。象二郎は背後を振り返った。

二間ほど先に茂みがある。深編笠を取って後ずさりした象二郎は草木をかき分け、身をひそめた。

大左衛門主従は茂みに隠れた象二郎に気づかず、空模様などをのんびりと話しながら通り過ぎていった。

大左衛門主従と半町ほどの距離ができたことを見て取った象二郎は、茂みを出た。深編笠を手に持ったまま、後をつけはじめた。

とにかく辛抱強くだ、と象二郎は自らにいい聞かせた。焦ってはならぬ。根気よく人けがなくなるのを待つしか手はない。

そのときはためらってはならぬ。

一気呵成《いっきかせい》に襲いかかり、佐賀大左衛門の目を奪うのだ。

四

おっ。直之進の耳は、長屋の路地を歩くひそやかな足音をとらえた。

足音は店の前で止まり、遠慮がちに障子戸が叩かれる。

「おう」

直之進は声を上げた。

障子戸越しに低い声が発せられた。案《あん》の定《じょう》というべきか、約束の五つの鐘が鳴るより少し早い刻限にやってきた。

「倉田だ」

すぐさま直之進は刀を腰に差し入れ、土間の雪駄を履いて障子戸を開けた。

血色のよい佐之助の顔が眼前にあらわれた。

「早いな」

「早いものか。じき五つになる。それに、約束の刻限より早くやってくるのは、人として当たり前のことだ」

「確かにそうだな」

直之進はおきくを振り返った。

「では、行ってくる」

「行ってらっしゃいませ」

おきくにうなずいて直之進は外に出た。

すぐにおきくも出てきた。佐之助に向かって丁寧に頭を下げる。

「倉田さま、どうか、主人をよろしくお願いいたします」

佐之助が穏やかな笑みを見せる。

「おきくどの、湯瀬の女房が板についてきたようだな。だが、今のは、むしろ俺の言葉だな。湯瀬に声をかけてもらい、俺は本当に感謝しているのだ」

「さようでしたか」

　ほっとしたようにおきくが口元をゆるめる。

　倉田、と直之進は呼びかけた。

「俺がおぬしに声をかけたわけではない。俺は佐賀どのの意向をおぬしに伝えたに過ぎぬ」

「それだって、おぬしが佐賀どのとまずは縁《えにし》を結んだゆえだろう。とにかく、俺はおぬしに感謝している。それだけのことだ」

　真顔で佐之助がいった。

　うむ、と直之進は顎を引いた。佐之助の気持ちは十分に伝わってきた。敵同士だった相手と、ここまで思い合えるようになった。胸が熱くなる。こほん、と空咳をして直之進は女房に目を向けた。

「では、おきく、行ってまいる」

「行ってらっしゃいませ」

　直之進と佐之助に、おきくが深々と腰を折った。目尻にしわを刻んで、佐之助がおきくに顎を引いてみせた。

直之進と佐之助は二人そろって路地を歩き出し、長屋の木戸を抜けた。

大通りに出ると、大勢の人がせわしく行きかっていた。荷を満載にした大八車《だいはちぐるま》や荷駄《にだ》を背に負った馬も目につく。通りは、江戸らしい喧噪に満ちていた。

長屋の路地でわだかまっていた大気が動いているのを、直之進ははっきりと感じた。梅雨《つゆ》の走りか、空は曇り、ゆったりと吹く生あたたかな風は雨気をはらんでいる。じき雨が降り出すかもしれない。

雨具の用意はないが、直之進としては自分が他出中は、決して雨は降らないものと根拠もなく信じている。

それは、佐之助も同じなのではあるまいか。佐之助にただしたことはないが、なんとなくそんな気がする。

「湯瀬――」

あたりに転がる馬糞をよけつつ佐之助が声をかけてきた。直之進は、なにかな、という顔を向けた。

「佐賀どのとの待ち合わせ場所は、湯島《ゆしま》でよいのだな」

「湯島にある宇田里庵《うたりあん》という、少し高級な茶店とのことだ。そこで四つに待ち合わせることになっている」

「四つなら、まったくあわてることはないな。だが湯瀬、高級な茶店というのはどんなものなのだ。想像もつかぬ」

「俺も同じだ。だが佐賀どのが高級というのなら、なにかがよその店とはちがっているのだろう。考えられるのは、やはり建物に金がかかっていることだろうな。たとえば縁台や長床几ではなく、畳敷きの間が設けられているとかだ」

「しかし、しっくりこぬな。畳敷きの間があるなど、茶店ではないような気がするが。とにかく、楽しみだな。湯瀬、わくわくしてくるではないか」

佐之助が幼子のように心を躍らせているのが、直之進に伝わってきた。

「おぬしらしからぬ弾みようだな」

「そうか。態度にあらわれているか」

「見え見えだ」

ふふ、と薄く笑った佐之助が、ところで、といった。

「佐賀どのの構想では、俺たちは剣術道場の師範代をつとめることになるな。その点について湯瀬、おぬしに悔いはないのか」

唐突な感じで佐之助にいわれ、直之進はどきりとした。

「それは、用心棒稼業をやめることをいっているのだな」

「そうだ」

「悔いとまではいわぬが、わずかなためらいがないことはない」

佐之助に気持ちを見透かされているような気がして、直之進は率直な思いを吐露した。

「やはりな」

納得したように佐之助がうなずいた。

「斬るか斬られるか、命を懸けて刀を振り合う瞬間の、背筋に冷水を浴びせられるような感じは、剣の道に生きてきた者にとって、なにものにも代えがたいものがある。本物の命のやり取りというのは、手に汗握るなどという程度のことではないからな。——湯瀬、本当に忘れられるのか」

「忘れるしかあるまい」

強い口調で直之進はいい、横を向いて佐之助を見やった。

「おぬしはどうなのだ」

「俺か。おぬしとちがい、手ひどくやられたことがあるからな」

苦々しげな顔で佐之助が口にした。それを聞いて直之進は点頭《てんとう》した。

佐之助を斬ったのは、員弁《いなべ》兜太《とうた》という隻眼《せきがん》の剣客である。尾張徳川家で剣術指南役をつとめたこともある遣い手だった。

員弁に佐之助は、肩口から胸にかけて七寸もの傷を負わされた。医者もさじを投げかけたほどの傷で、実際に佐之助は死の淵に立たされたのだが、奇跡的に快復してみせたのだ。

直之進の推測に過ぎないが、昏睡《こんすい》している最中、佐之助の脳裏には千勢やお咲希のことが浮かび、決して死ぬことはできぬ、と必死に気力を奮い立たせていたのではあるまいか。

目を前に据えて佐之助が言葉を続ける。

「員弁兜太にこっぴどい斬られ方をしたのは事実だが、まだ俺も白刃の下をかいくぐる快感を忘れたわけではない。しかしながら、千勢やお咲希のことを思うと、危うい仕事はもはや潮時かと考えることはある」

そうか、と直之進はいった。

「ならば、佐賀どのの話は受けるつもりでいるのか」

「少なくとも前向きに考えたいと思っている」

「それがよかろう。それで右手の具合はどうだ。確か、腕のいい鍼灸《しんきゅうし》師に診てもらっているのだったな」

貝弁兜太にやられた傷自体は完治したものの、佐之助は右手が利かなくなることがときおり起きるようになっていた。深々と斬られて神経をずたずたにされたせいか、まだ後遺症に悩まされているのだ。

名医の評判高い胆義《たんぎ》によれば、傷による影響が肺に出ているとのことらしい。

「ああ、小石川原町《こいしかわはらまち》に施術所を開いている閑好《かんこう》という人だ。必ず治してくれるからと胆義先生の紹介で通っているが、確かにだいぶよくなってきた。右腕は自由に動くようになってきている」

「それはよかった」

心の底から直之進はいった。

「ならば、佐賀どのの話を受けることに、なんの障《さわ》りもないな」

「うむ、その通りだ」

力強く佐之助がうなずいた。

その様子を見て直之進は、倉田と一緒に師範代として働いたらどんな感じなのだろう、と考えてみた。佐之助が剣術を人に教えているところは一度も見たことがないが、きっとわかりやすくて巧みなのではないだろうか。塾生の受けは、よいにちがいあるまい。

まだうつつになるかもはっきりしていないが、そんなことをあれこれ脳裏に巡らせてみるのは心楽しいことだった。

しばらくのあいだ、直之進は無言で歩き進んだ。やや湿った土を踏み締める二つの足音だけが耳に届く。

昂然《こうぜん》と顎を上げ、前方に眼差しを注いでいる佐之助も口を開かない。しかし、今は自分との道行きを楽しんでいるのではないだろうか。そんな佐之助の雰囲気が、直之進には伝わってきている。

そのまま四半刻ほど歩いて、佐之助が立ち止まった。

「湯瀬、ここではないか」

直之進も足を止め、目の前のちんまりとした建物を見つめた。

宇田里庵と看板が出ているが、神田川沿いの道に何軒かある茶店となんら変わらなかった。

五

じりじりと時が流れていく。

半町の距離を保ち、象二郎は大左衛門主従の後をつけている。

大左衛門はどこに行くのか。

もう四半刻ばかり歩き続けているが、人けがなくなることはない。むしろ、大左衛門主従は人が多いほうへと向かっている。

今は町地を進んでいる。大勢の町人がせわしげに行きかっている。江戸はどうしてこんなに人が多いのか。ただ家でじっとしているのがつまらないからという理由で、外に出てくる者がほとんどなのではないか。

大左衛門主従はどこに行こうとしているのか、今も象二郎にはわからない。忙しい男のはずだから、理由もなく他出したのではないだろう。人と会うのかもしれない。

このままずるずると行かれたのでは、と象二郎は思った。機会を失うことになりそうだ。

今日はやめておくか。

弱気が心を覆う。自然に象二郎は伏し目がちになった。

道を行く町人たちは編笠を手に頭巾をかぶっている象二郎を見ても、妙な顔をしたり、怪しんだりすることはない。頭巾をして道を行く武家など、なんら珍しいものではないのだ。

――いや、やはり今日やるのだ。

昂然と顔を上げ、象二郎は前を行く大左衛門主従の背中を見つめた。

今日、やるしかない。今日やらなければ、明日はない。

わしは焦っているのか。

象二郎は自らに問うてみた。

焦っている。それはまちがいない。

だが、気持ちは冷静だ。決して高ぶったりはしていない。

ふと町地が途切れ、道の両側が武家屋敷だけになった。道を行く町人はほとんどいなくなった。先ほどまでの騒がしさが嘘のようだ。いま大左衛門主従の近くを歩いているのは、小間物売りとおぼしき行商人だけだ。

もしや、と思い、象二郎は二人との距離を縮めた。これ以上ない機会がやってくるのではないか。

わずかに一人だけ大左衛門主従のそばにいた行商人も、一軒のちんまりとした武家屋敷に勝手知った様子で入っていった。

今だ、と象二郎は決意した。この機を逃してはならぬ。

行け、行くのだ。

自らを鼓舞《こぶ》し、手にしていた編笠を捨てるや象二郎は地を蹴った。背後で編笠が風にさらわれたか、音を立てて転がっていったのがわかった。

すでに大左衛門主従との距離は十間ほどに縮まっている。

その距離を一気に駆け抜け、象二郎は大左衛門に近づいた。頭巾がしっかりと顔を覆っているか、手を伸ばして確かめる。

もう距離は二間もない。ここで初めて象二郎は抜刀した。

「佐賀」

一間まで近寄ったところで、象二郎は大左衛門の背中に低い声で呼びかけた。

うん、という顔で大左衛門が振り返る。下男も驚いたようで、こちらに顔を向けた。

ごめんっ。心で叫ぶや大きく踏み込み、象二郎は刀を横に一閃させた。

「うわっ」

大左衛門が悲鳴を上げ、顔を押さえて後ろに下がった。どすん、と尻餅《しりもち》をつく。

やれたのか。うまく目を斬ることができたか、象二郎は気になり、その場からしばらく動かなかった。

みるみるうちに、顔を押さえた大左衛門の指のあいだから血があふれ出てくる。

まちがいなくやった。これで佐賀大左衛門の両目は見えまい。

すまぬ。心で謝ってから象二郎は体《たい》をひるがえした。そのまま一気に走り去る。

ようやくなにが起きたか覚ったようで、下男の叫び声が追いかけてきた。

刀を納め、しばらく駆け続けた。だが、町地が見えてきたところで象二郎は走るのをやめ、早足で歩いた。

さすがに後ろが気になる。気になってしようがない。追ってくる者はいないか。

ちらりと後ろを振り返る。そのような者はいない。しかしながら、足が勝手に走り出そうとする。

それを象二郎は気力で抑え込んだ。侍が泡を食って走るなどもってのほかだ。町人たちの記憶に残ってしまうではないか。

落ち着け、落ち着くのだ。わしはうまくやった。

一人として、わしが佐賀大左衛門の目を斬ったところを見た者などいない。いるはずがない。

いま象二郎は屋敷へ半刻ばかりで戻れる場所にいる。しかし、岩清水屋敷にまっすぐ帰る気はない。つけている者がいないか、確かめなければならない。

神経をそばだてて象二郎は歩いた。普段なら曲がる必要のない辻を何度も曲がり、遠回りをした。

角を折れるたびに後ろを振り向いてみた。

ついてくる者の姿を見ることは一度もなかった。

よし、これなら大丈夫だ。尾行している者などいない。

確信した象二郎は岩清水家への道を取りはじめた。

それでも用心のために、象二郎は足早に歩いたり、わざとゆっくりと歩を進めたりした。

なにげなく後ろを振り向いてみたが、怪しい動きをする者は一人もいなかった。

屋敷に戻ったときには、象二郎はさすがに疲れ切っていた。息が上がり、胸の動悸《どうき》が激しかった。

「どちらに行かれていたのですか」

夜明け前から姿が見えなくなっていた象二郎を案じていたらしく、顔を見るや邦三郎がすっ飛んできた。

「ちょっとな」

象二郎は言葉を濁した。若い邦三郎を巻き込むつもりはないのだ。

「殿も心配されていらっしゃいました」

「すまぬ」

「どうされたのですか」

「なんでもない。おまえが知る必要のないことだ」

象二郎は突き放すようにいった。

「さようですか」

邦三郎が寂しげにうつむく。

なにか言葉をかけてやりたい、と象二郎は思ったが、口をついて出る言葉はなにもなかった。

六

宇田里庵には葦簀《よしず》が立てかけられ、いくつかの長床几が置かれている。団子《だんご》と饅頭《まんじゆう》と染められた幟《のぼり》が立てられ、湿り気のある風に重たげに揺れていた。

年寄り夫婦とその孫らしい看板娘の三人で、切り盛りしているようだ。二十人は優に入れる店で、八つばかりの長床几がしつらえられているが、そのほとんどがすでに客で埋まっている。隣にある茶店は、この半分も入っていない。

「すばらしい繁盛ぶりだが」

首をかしげて佐之助がつぶやく。

「別に高級そうには見えぬな」

「確かにな。だが、佐賀どのが高級というのだから、なにかよそとはちがうのであろう。客の入りがそれを証しているようだが。——倉田、さっそく入ってみようではないか」

うむ、と佐之助が首を縦に動かした。直之進はざっと店内を見渡してみた。まだ大左衛門は来ていないようだ。

神田川に沿った目の前の通りがよく眺められる長床几がちょうど空き、直之進と佐之助はそこに腰を下ろした。いそいそという感じでやってきた看板娘に、直之進は茶と団子を注文した。

「俺は茶と饅頭をもらおうか」

目を上げ、佐之助が看板娘に告げる。

承知いたしました、と受けたものの看板娘はそこを動かず、佐之助をじっと見ている。どことなく目が潤んでいた。

看板娘はいつまでも佐之助の顔を見ていたいという風情だったが、奥から姿を見せたばあさんに、この忙しいときになにをしてんだい、と叱られ、一礼して引っ込んでいった。

「相変わらずもてるな」

直之進は笑いかけた。

「もてなどおらぬ。それに、俺は別にうれしくはない」

無愛想に佐之助が告げる。

「そうか。もったいないような気がするが。なかなかの美形だったではないか。今の娘を目当てにこの茶店に通う男も少なくないのではないか」

「湯瀬、おぬしはうらやましいのか」

少し冷たい目で直之進を見て佐之助がきく。

「いや、そうでもない」

自分にはおきくという最愛の女性がいるのだ。それ以上、なにを望むというのだ。佐之助も同じなのだろう。千勢以外の女性は目に入らないのだ。

「湯瀬、あそこに昌平坂学問所が見えるぞ」

少し身を乗り出して佐之助が指し示す。

「うむ、そうだな」

直之進も見やった。昌平黌《しょうへいこう》の建物が、二町ばかり西側に塀越しに見えている。一万六千坪もの敷地を誇るだけに、この茶店から見ているだけでも宏壮《こうそう》さを感じさせた。

「あれに負けぬ学校になればよいな」

「必ずしてみせる」

佐之助が力んでいった。その横顔を、直之進はほほえましい気分で見つめた。

この男がこんなに燃え立つなど、そうそうあることではあるまい。

――佐賀どのは本当によい話を持ってきてくださったものだ。

直之進には感謝しかない。

すぐに茶と団子、饅頭が運ばれてきた。お待たせしました、と看板娘が長床几に手際よく湯飲みと皿を置いていく。佐之助のそばに立ち、なにか話しかけたそうにしていたが、新たに隠居夫婦らしい客が入ってきたことで残念そうにそちらへ行った。

倉田佐之助という男は本当にもてるのだな、と直之進は感心した。千勢どのも気が気ではなかろう。

いや、倉田の気持ちは千勢どのにまっすぐ向かっており、揺るぎそうにない。千勢どのはまったく心配していないのではないか。

手を伸ばし、直之進はさっそく茶を喫した。おっ、と我知らず声を漏らす。

「こいつはうまい」

「うむ」

言葉短く答えた佐之助が心を奪われたというような顔で、湯飲みを一心にのぞき込んでいる。

「これほどの茶を飲むことができるとは思わなんだ」

まったくだ、と直之進は答えた。

「佐賀どのが、高級な茶店といわれるのもわかるというものだ」

「この茶は確かに高級としかいいようがない」

鮮やかな緑色をしている茶が、すっきりとして甘いのだ。苦みはほどほどに抑えられ、さわやかな味わいといってよい。飲むうちに、気持ちまで爽快になってくる。

「これほどの茶は、滅多に口にできる代物ではない。いったいどこの茶だろうか」

さらに一口すすって佐之助がつぶやく。

「駿河《するが》のお茶です」

佐之助の声を聞きつけたのか、そばにやってきた看板娘が笑みとともに答える。

「駿河と一口にいっても広かろう」

佐之助の言葉に、看板娘が困ったような表情になった。

「すみません、産地がどこかはお教えできないのです」

「それは商売上の秘密ということか」

「うちで使っているお茶は、たった五軒の農家がつくってくださっているだけなのです……」

「これほどの茶が駿河のどこでつくられているか、気持ちは引かれるが、別に無理に知ろうとは思わぬ。安心してよい」

佐之助が優しくいうと、看板娘がほっとしたように頭を下げた。

「ありがとうございます」

直之進は、皿にのったみたらし団子を食べてみた。

「ふむ、こいつもすばらしいな」

外側はこんがりと焼き上がっているが、中はほんのりと柔らかく、口の中で溶けるような感じさえした。甘辛いたれも、この団子によく合っている。

これだけのみたらし団子は、江戸広しといえどもそうそうあるものではない。

佐之助が小ぶりの饅頭を二つに割り、半分を口に入れた。ゆっくりと咀嚼《そしゃく》する。

「こいつもうまい」

感心したようにいい、すぐに残りの半分を口に運んだ。

「ありがとうございます」

看板娘が頬にうれしげな笑みを浮かべた。

「団子と饅頭は、ここでつくっているのか」

喉仏《のどぼとけ》をごくりと上下させて、佐之助がたずねる。

「さようです。うちのおじいちゃんとおばあちゃんが力を合わせてつくっています」

誇らしげに看板娘が答える。佐之助がこくりと首を動かした。

「餡《あん》には砂糖を惜しむことなく使っているようだな。だが、まったくくどさのない甘みといってよい。名刀のごとき切れ味だ」

名刀、と耳にして直之進は一昨夜の出来事を思い出した。三人田というのは、どのような刀なのか。

二つめの饅頭を食した佐之助が、納得の顔になる。

「皮《がわ》にも、実によい味がついている。まことにもって、洗練された味といってよいのではないか。田舎くさい饅頭を好む者もいるだろうが、これは江戸で食べられる最高の饅頭の一つとしかいいようがない」

普段は無口な男とはとても思えない饒舌ぶりである。

「そんなにおほめいただいて、私、涙が出そうです」

感激のあまり、看板娘は目をうるうるさせている。

「今のお客さまのお言葉を聞いたら、おじいちゃんとおばあちゃんは大喜びすると思います」

「では、この上なくおいしかったと二人に伝えてくれぬか」

「はい、承知いたしました」

目に浮いた涙を指先でぬぐって、看板娘がきびすを返した。奥に引っ込んでいく。

その姿を眺めて直之進は少し首をひねった。

「宇田里庵というこの店がすばらしいのは事実だが、こちらの造りを見る以上、どこにでもある茶店としかいいようがない。これほどの茶の仕入れ先を、この店はどうやって見つけたのだろう。佐賀どのの紹介でもあったのだろうか」

「それが最も考えやすいな。駿河で茶づくりをしている親戚でもいるのかもしれぬが、団子や饅頭までとんでもなくうまいとなると、やはり佐賀どのの力が加わっていることを感じざるを得ぬ」

そのとき、ちょうど四つの鐘が鳴りはじめた。それを聞いて、佐之助が気がかりそうな目を眼前の道に投げる。

「来ぬな」

直之進も少し心配になった。

「佐賀どのになにかあったのだろうか」

「さて、どうだろうか」

唇を引き締めて佐之助が首を傾ける。

「俺は佐賀どののことはよく知らぬが、約束を守らぬ人ではないのだろう」

「実直さ、愚直《ぐちょく》さを画に描いたようなお方だ。約束の刻限に姿をあらわさぬというのは、考えにくい」

「そういう御仁なら、なにかあったと考えるべきだろうな。湯瀬、どうする。待つか、それとも佐賀どのの屋敷のほうへ行ってみるか」

「ふむ、屋敷か。――倉田、今しばらく待つとするか。もし佐賀どのがこちらに見えなかったときは、我らだけで神田小川町《おがわちょう》に足を運ぶことにしよう」

沼津家当主真興《さねおき》の弟房興《ふさおき》は警護役の川藤仁埜丞《かわとうじんのじょう》とともに神田小川町に住んでいた。

「湯瀬、房興どのや川藤どのに話をするのに、佐賀どの抜きでも構わぬのか」

「佐賀どのの構想を伝えるだけゆえ、構うまい。佐賀どのの身になにも起きていなければ、神田小川町へと、じかにやってきてくださるのではないかな。ここから神田小川町はすぐだしな」

「うむ、そうかもしれぬ。もし神田小川町にも佐賀どのが来なかったら、湯瀬、そのときはどうする」

「さすがに、佐賀どのになにかあったと考えねばならぬ。そのときは、佐賀どのの屋敷がある根岸に行ってみようではないか」

「湯瀬、本当に根岸に行くのは今でなくてよいか」

「さすがにそこまでするのは、大袈裟のような気がするのだ。倉田は気になって仕方ないのか」

「約束を必ず守る人が来ぬというのは、やはり妙だ。湯瀬、佐賀どのの屋敷の場所は知っているのか」

「知らぬ。だが、根岸という地はさして広いとはいえまい。瀟洒な屋敷だというから、すぐにわかるのではないか」

「江都一の通人の屋敷なら、土地の者は知っていような」

難しい顔をして佐之助が腕組みをして続ける。

「さて、どうすべきかな。しかし、佐賀どのの身になにかあったと知れたわけでもないのに、ぐずぐずと考えているのもどうかという気がするな。あと四半刻だけ待とう。それで佐賀どのが来なかったら、房興どのの屋敷に向かおうではないか」

「それでよい」

「湯瀬、胸騒ぎはないか」

「あるような、ないような。正直、よくわからぬ」

「俺もそうだ。実際、人の勘というのは当てにならぬ。もし予感が当たっていたら、虫の知らせということになるし、当たっていなかったら、取り越し苦労になる」

「取り越し苦労であってほしいものよ」

看板娘を呼び、直之進と佐之助は茶のおかわりをもらった。

体にしみじみと染み渡る茶のうまさを感じつつ、直之進は佐之助を見やった。

「そういえば、一昨日の晩こんなことがあった」

「なにかな」

湯飲みを右手でしっかりと持ち、佐之助がたずねる。

直之進は、火事の晩会った鎌幸のことをまわりの誰にも聞こえないように小声で話した。

「ほう、そのようなことがあったのか」

驚きに目を丸くして佐之助がいった。

「鎌幸とかいうその男は、本当に風魔の末裔《まつえい》なのか」

「わからぬ。だが、片足だけであの速さで走り抜くというのは、いかにも忍びを思わせる」

「忍びの血を引いていなければ、そのような真似はできぬかもしれぬな。それにしても、その三人田という刀、どのようなものなのか、一度くらいは目にしたいものだ」

「俺もそれを願っている」

「望んでいれば、いずれ目にできよう」

「そうかもしれぬ」

なにごとも望まない限り、うつつにはならない。望むことこそが願いをかなえる第一歩なのだ。

直之進と佐之助は茶を飲み干した。

「来ぬな」

茶托に湯飲みを戻して佐之助がいった。

「倉田、仕方ない。行くか」

「そうしよう。湯瀬、ここは俺が奢《おご》ろう」

「いや、割り勘定でよい」

「そういうわけにはいかぬ」

毅然《きぜん》とした口調で佐之助がいった。

「こたびの一件では、俺がおぬしの世話になっている。ここで俺が払うのは当たり前だ」

「わかった」

苦笑とともに直之進はうなずいた。佐之助がここまで強くいうことは滅多にない。

「では、今回はおぬしの厚意に甘えさせてもらおう」

「それでよい」

佐之助が茶代を看板娘に支払った。

名残惜しそうにしている看板娘に見送られ、直之進と佐之助は宇田里庵をあとにした。

少し風が強まってきたような気がして、歩を進めつつ直之進は空を見上げた。先ほどまでは晴れていたが、今は薄い雲が頭上に広がりつつあった。太陽は雲を突き破らんとするかの勢いで照ってはいるものの、直之進たちの影はずいぶん淡い色になっている。

この分では、雲はさらに厚くなりそうだ。吹く風は、さらなる湿り気を帯びている。午後には本当に雨が降り出すかもしれなかった。

雨など降らぬ、と直之進は足早に歩きながら思った。降るなら、俺が長屋に戻ってからに決まっている。

肩を並べて歩く佐之助に、雲行きなど気にしている様子はまったくなかった。

七

宇田里庵から四半刻ほどで、直之進と佐之助は足を止めた。

「ここだ」

眼前の冠木門《かぶきもん》を直之進は見上げた。

門はがっちりとしてなかなか風格があり、沼里城主の弟が暮らすのにふさわしい風情を醸し出している。屋敷のまわりを木塀が囲み、道行く人からの目隠しとなっている。

もっとも、あたりには武家屋敷が多く、道行く人もあまりなく、ひっそりとした静寂の幕が下りている。

何人《なんぴと》も拒まずといわんばかりに、冠木門は大きく開かれていた。

「失礼いたします」

敷地内に向かって声を放ち、直之進は冠木門をくぐった。後ろに佐之助が続く。

両側を生垣に挟まれた小道を進むと、枝折戸《しおりど》があった。枝折戸を開け、直之進たちは手入れの行き届いた庭に足を踏み入れた。

正面に母屋が見えている。びっくりするような大きな建物ではなく、確か部屋が五つあるだけのはずだ。

この屋敷は、と母屋を眺めて直之進は感慨深く思い出した。今は亡き米田屋光《みつ》右衛門《えもん》の周旋《しゅうせん》で房興が借りたものだ。光右衛門は手を尽くして、房興が江戸で暮らすのに不自由のない家屋敷を選んだのだ。温かな人柄だった。

また会いたい、と直之進は痛切に願った。しかし、それは決してかなうことではない。あの世に行けば会えるのだろうか。自分がいつ死ぬかわからないが、心静かにそのときを待てばよいのだろうか。

「どうした、湯瀬」

「いや、舅《しゅうと》どののことを思い出していた」

「ああ、ここは米田屋の周旋だったたな」

うむ、と直之進はいった。

そのとき左手のほうから直之進を呼ぶ人の声がした。

「湯瀬、来たか」

直之進はそちらに顔を向けた。あれは房興の声だ。

「こちらに回ってきてくれ」

その声に応じて、庭を左側に進んで直之進たちは濡縁《ぬれえん》のある部屋の前に来た。

腰高障子が開け放たれ、畳の上に房興が正座していた。

そばにひょろりとした体つきの川藤仁埜丞が控えている。川藤は尾張徳川家きっての遣い手と謳われた剣術家で、元は江戸留守居役だった。今は縁あって房興の家来となっている。その川藤は脇差を帯び、刀は敷居際に置いていた。

「よう来た」

　響きのよい声でいって、房興が柔和に頰をゆるめた。仁埜丞も穏やかな表情で直之進たちを見つめている。

「お久しゅうございます」

房興の前に立ち、直之進は辞儀した。沼里家のあるじ真興の腹ちがいの弟である。礼を尽くすのは当たり前のことだ。

「うむ、ずいぶんと久しぶりだな、直之進。忙しかったか」

「はっ、まずまずいろいろとございました」

「忙しいのはなによりだ」

直之進の横に来て、佐之助も房興に向かって丁寧に頭を下げた。

「倉田どのも息災のようでなによりだ。千勢どのとお咲希ちゃんは元気か」

「おかげさまで」

笑顔で佐之助が答える。

——この男が、おかげさまで、といえるようになったのか。

直之進は内心、驚いた。人というのは変われば変わるものだ。これは千勢どのの存在がやはり大きいのではあるまいか。

俺とは合わなかった女性だが、倉田とはぴったりの相性なのだ。倉田と千勢どのは巡り合うべくして巡り合ったのだろう。

「直之進、倉田どの。佐賀大左衛門どのとかいう御仁も同席なさるときいていたが、そなたたちは二人で来たのか」

不思議そうに房興が首をかしげた。

「はっ」

直之進は、大左衛門が待ち合わせ場所に姿を見せなかったことを告げた。

「ほう、見えなかった。それはまた気がかりよな」

唇を嚙み締めて、房興が案じ顔になった。かたわらの仁埜丞も、気遣わしげな顔つきをしている。

直之進、と房興が気を取り直したように呼びかけてきた。

「ここでの用件が終わったら、佐賀どのの屋敷に行くつもりでいるのだな」

「はっ、おっしゃる通りにございます」

「それがよかろう。気になることは早めにすませたほうがよい」

断じるようにいって房興が居住まいを正す。

「まだ雨は降らぬな。直之進、倉田どの、こちらに腰を下ろすがよい」

房興が指し示した濡縁に、直之進と佐之助は一礼してから座った。

「いま茶を持ってこさせよう。——おとよ」

奥に向かって房興が声を投げる。

はいはい、といって姿を見せたのは、やや腰の曲がった老婆だった。苦労を重ねてきたようなしわ深い顔をしているが、いかにも人のよさそうな感じが物腰にあらわれている。

「仁埜丞との二人暮らしも楽しいが、女手がないのはあまりに不便ゆえ、近所の者に来てもらうことにしたのだ」

おとよに目を当てて房興が説明する。

「さようでしたか」

「おとよ、この二人は倉田佐之助どのと湯瀬直之進だ。見知っておいてくれ」

「承知いたしました」

にこにこと顔のしわを深めておとよが直之進と佐之助に小腰をかがめる。

直之進も笑みを浮かべ、おとよにうなずきかけた。佐之助も会釈してみせた。

「おとよ、茶を四つ、持ってきてくれぬか」

房興が穏やかな声音で頼む。

「お安い御用ですよ。ただいまお持ちいたします」

頭を下げて、おとよが奥へと姿を消した。

「それで話というのは」

房興が、まじめな顔を直之進と佐之助に向けてきた。仁埜丞も、真剣な光を瞳にたたえて直之進たちを見つめている。

直之進は佐之助に顎を引いてみせた。自分が話すという合図である。それから房興と仁埜丞に目を当てた。

「佐賀大左衛門という人物を、房興さま、川藤どのはご存じでございましょうか」

「湯瀬からはその名を聞かされておったが、会うたことはない」

すまなそうな顔で房興がかぶりを振る。

「どのような御仁かな」

これは仁埜丞がきいてきた。はい、と直之進は首を縦に動かした。

「愚《ぐ》川人《せんじん》という号を持ち、俳諧に秀《ひい》で、右に出る人がいないといわれるほどの刀剣の目利きです。骨董や漢方にも深い造詣があると聞いています。そのために、佐賀大左衛門どのは江都一の通人とまで呼ばれています」

「ほう、なんともすごいお方なのだな」

房興が嘆声を放つ。

直之進はひと呼吸おいて、房興の目を正面から見た。

「その佐賀どのが、学校設立という構想を抱いておられるのです。学校といっても、学問をするだけの場所ではありませぬ。佐賀どのは、武術の道場をも備えた文武両道のものにされようとしています」

「ほう、それはすばらしい考えだ」

何度か首を振り、房興がいかにも感心したという顔になった。

「その佐賀どのより、倉田佐之助とそれがしの両名は、剣術道場の師範代に誘われましてございます」

「それはまた願ってもない話ではないか」

「はっ、これ以上ないお話だとそれがしども思っております。それで佐賀どのは、それがしどもよりも腕の立つお人を剣術道場の師範に据えたいと考えていらっしゃいます」

「倉田どのと直之進よりも強い者か。それはまた難儀な……」

ふと気づいたように房興が仁埜丞を見やる。

「なるほど、そういうことか。その剣術道場の師範に、直之進と倉田どのは仁埜丞を推挙しようというのだな」

「おっしゃる通りにございます」

直之進は大きく顎を引いた。

「実際には、すでに佐賀どのに推挙いたしましてございます」

「湯瀬どの、わしには無理だ」

かぶりを振って仁埜丞が固辞する。

「なにしろ右腕しか利かぬ」

仁埜丞も佐之助同様、員弁兜太と縁があった。仁埜丞は七年ほど前、尾張家の先代の殿さまの命で員弁兜太と袋竹刀《ふくろしない》で立ち合い、左肘を砕かれたのである。もっとも、員弁兜太が隻眼となったのも、そのときの試合で、仁埜丞の強烈な突きを目に受けたからだ。

「それでも、それがしどもよりも腕は上でございます」

仁埜丞をじっと見て、直之進は言葉を発した。員弁兜太を討ったのは直之進だが、だからといって自分が仁埜丞より上だとは思っていない。腕が最も優れているのが仁埜丞であることに、佐之助も異論はないはずだ。

仁埜丞は、尾張家一の遣い手とまでいわれた男なのだ。柳生新陰流《やぎゅうしんかげ》の達人である。一時は直之進の剣の師匠だったこともある。実にわかりやすく教えてくれ、直之進の腕は仁埜丞の指導を受けて、確実に階段を上がることができた。

ゆえに、剣術師範としてよいお方がいれば、という大左衛門の言を受けて、直之進は仁埜丞を推薦したのだ。

「お待たせしました」

声をかけて入ってきたのは、おとよである。盆の上に四つの湯飲みをのせている。どうぞ、といって直之進たちの前に手際よく並べる。

「遠慮なく飲んでくれ」

「では、ありがたく」

手を伸ばし、直之進は湯飲みを持ち上げた。茶をすする。ほんのりと甘く、そしてほどよい苦みがやってきた。宇田里庵ほどではないが、ここの茶も実にうまい。気持ちがほっとなる味である。

目を閉じて佐之助もじっくりと茶を味わう風情だ。ふう、と息を吐き出したが、まだ口中の余韻を楽しんでいるようだ。

茶をひとすすりした房興が、仁埜丞、とやんわりと声をかけた。

「断ることはあるまい。よい話ではないか」

「しかし……」

「直之進、佐賀どのは仁埜丞の左腕が利かぬことはご存じであろうのう」

湯飲みを茶托に置いて房興がきいてきた。

「はっ、ご存じです。まことに勝手ながら、それがしが佐賀どのに川藤どののことはお話しいたしました」

「そうか。——仁埜丞」

「はっ」

呼ばれて仁埜丞が畳に右手をつく。

「佐賀どのも左腕のことは知った上で、そなたに是非とも師範をお願いしたいということのようだ。仁埜丞、心して受けよ」

「はあ」

「煮え切らぬ答えよな」

苦笑まじりにいったが、房興の目は笑っていない。真剣そのものだ。

「仁埜丞、よいか。佐賀どののお話、ありがたくお受けするのだ。承知か」

仁埜丞に目を据えて房興が斬り込むようにいった。

「はっ、承知いたしました」

神妙な顔で仁埜丞がこうべを垂れた。

これで、とその様子を見て直之進は思った。仁埜丞が師範となり、その下に直之進と佐之助が師範代として働くことになる。

ここに大左衛門がいれば、すごい陣容がそろいましたな、と大喜びしていたのではあるまいか。

「ところで直之進」

目を輝かせて房興がきいた。

「その学校はどこに建てることになるのだ」

「それについては、まだ決まっておらぬようです」

「そうか」

わずかに首をひねり、房興が畳に目を落とした。すぐに顔を上げ、直之進と佐之助を見つめてくる。

「文武両道の学校を建てるとなれば、広大な敷地が必要になってこよう。林羅《はやしら》山《ざん》公が東照大権現《とうしょうだいごんげん》さまから拝領した上野《うえの》忍岡《しのぶがおか》の私塾の敷地は五千坪もの広さがあったというし、今の昌平坂学問所の敷地は一万六千坪もの広さがあるというではないか。昌平黌ほどの敷地はさすがに無理だとしても、やはり少なくとも五千坪はほしいような気がするな。直之進、それだけの場所をこの江戸で用意できるものなのかな」

「さあ、どうなのでございましょう」

　直之進としては、敷地のことまで頭が回っていなかった。

「そのあたりのことは、佐賀どのが思案されているのではないか、と思うのですが」

　ふむ、といって房興が、なにか思いついたような顔になった。

「佐賀どのの屋敷は根岸にあるといったな。そこの屋敷は広いのか」

「それがしは、まだ足を運んだことがありませぬ。学校を建てることができるほどの広さを持つのか、存じませぬ」

「そうか。敷地などのことを考えると、佐賀どのに会い、じかに話をしたかったな」

　直之進は、いつしか房興が眉を曇らせていることに気づいた。

「それにしても直之進、佐賀どののことは気になるな。なにゆえ、そなたたちとの待ち合わせの場所に見えなかったのか」

「それがしも気にかかっております」

胃の腑《ふ》のあたりがずしりと重いのは、大左衛門のことが引っかかっているからだろう。

「やはり佐賀どのの身に、なにかあったのではないかな」

まだ大左衛門に一度も会ったことがないにもかかわらず、房興は案じられてならないようだ。確かに、と直之進は思った。今に至っても、大左衛門がこの小川町の屋敷にやってくるような気配はまったく感じられないのだ。なにか大左衛門に起きたと考えるのが自然なのではないか。

「おっしゃる通りでございます」

直之進の中で、不安の雲はますます広がっていく。

「直之進、今から佐賀どのの屋敷に行ってくれぬか」

房興が頼み込むようにいってきた。

「わかりました」

すぐさま直之進は濡縁から腰を上げた。佐之助もすっくと立ち上がる。

「佐賀どのの身になにもなければ、それでよいのだ。思い過ごしだったですめば、なによりなのだ。だが……」

房興が言葉を途切れさせる。

「房興さま、我らはこれより根岸に行ってまいります」

「よろしく頼む。仁埜丞だけでなく、倉田どのも直之進も余にとっては大事な者だ。その者たちの行く末に大きな影響を与えることになるはずのお方がいったいどうされたのか、一度もお目にかかったことがないといっても、気になるのは当たり前のことであろう」

「おっしゃる通り」

こういったのは佐之助である。直之進は房興に向かって深く辞儀した。

「では房興さま、行ってまいります」

「直之進、様子がわかり次第、つなぎをくれるか」

「承知いたしました」

仁埜丞にも頭を下げて、直之進はその場を辞した。佐之助が足早に続く。

八

静かな田園が広がっている。

それだけでなく、このあたりの風景にはなんともいえない風雅さが漂っている。この根岸の地に多くの文人墨客《ぼっかく》が居を構えているというのも、うなずける景色といってよい。

ただし、一口に根岸といってもどこからどこまでか、この地にほとんど足を運んだことのない直之進にはわからない。根岸というのは広大な金杉村《かなすぎむら》の一部らしいのだが、どこも似たような風景なのだ。

江戸で生まれ育った佐之助も、根岸にはあまり来たことがないという。地勢についてはほとんど知らないようだ。

直之進は、ちょうど通りかかった百姓をつかまえた。得意先に蔬菜《そさい》を配達でもしてきたのか、空の籠を負っている。

「ちとききたいのだが」

丁重な口調で直之進はたずねた。はい、と百姓がうなずく。

「おぬし、佐賀大左衛門どのの屋敷を存じているか」

「佐賀さまでございますね、ええ、存じておりますよ」

それを聞いて直之進はほっとした。直之進の後ろにいる佐之助の背後を、えいほ、えいほ、というかけ声とともに一挺の町駕籠が通り過ぎていく。

「教えてもらえるか」

直之進は百姓にいった。

「お安い御用でございますよ」

「――おや」

百姓が説明をはじめようとしたところで、佐之助が不審そうな声を発した。どうしたのだ、と思ったが、直之進は怪訝な表情のまま目の前の百姓の言葉に耳を傾けた。

「この道をこちらに二町ほどまっすぐに行かれると、欅《けやき》の大木が立つお屋敷がございます。そこの角を右に行かれて……。いえ、ちょうど道すがらでございます、手前がご案内いたしましょう」

「すまぬな」

一礼した百姓が先導をはじめる。直之進と佐之助はそのあとをついていった。

「さっき、おや、と声を上げたが、なにかあったのか」

足を運びつつ直之進は佐之助にきいた。

「先ほど駕籠が通っただろう。あれに医者らしい者が乗っていたのが見えたのでな。助手らしい若い男も駕籠についていていた」

それを聞いて、直之進は表情を陰らせた。

「佐賀どのの屋敷に向かったと思うのか」

「なんとなくそんな気がしただけだ」

顔を上げ、直之進は駕籠を目で追った。すでに一町ほど先を進んでいる。やがて欅の大木が立つ屋敷の角を、駕籠は右に折れた。

「あの駕籠の行く方向に佐賀どのの屋敷はあるのだな」

直之進は、前を行く百姓に問うた。

「さようです。しかし、あの道の先には、お武家や裕福なお方たちのお屋敷はいくらでもございますよ」

あの駕籠の行く先は佐賀屋敷と決まったわけではなさそうだ。だが、佐之助のいう通り、行く先は佐賀屋敷なのではないか、という気が直之進もしてならない。

直之進と佐之助は自然、早足になった。二人の歩調に押されるように百姓も足を速めた。

欅の大木のある屋敷の角を右に曲がり、一町ほど先の辻を今度は左に折れた。

「あれが佐賀さまのお屋敷でございますよ」

足を止めることなく百姓が指さす。直之進と佐之助はそちらを見やった。鬱蒼とした林を背にした屋敷が見えている。母屋のほかにも離れや東屋《あずまや》、蔵などがさほど背のない塀越しに望めた。

「宏壮な屋敷だな」

遠目に見ても、敷地がかなりの広さであるのがわかる。

「やはりそうだったか」

佐之助がそんな声を発したのは、駕籠が佐賀屋敷に入っていくのが見えたからだ。

やはり佐賀どのの身になにかあったのだ、と直之進は思った。急な病だろうか。それとも、はなから持病でもあったのだろうか。いずれにしても、病であるのなら湯島の宇田里庵に来られるはずもない。

「かたじけなかった。もうここまででいいぞ」

直之進は百姓の背中に語りかけた。立ち止まった百姓がこちらを向き、籠を背負い直す。

「さようですか。では、お言葉に甘えまして、手前はここで失礼いたします」

「助かったぞ。恩に着る」

佐之助が感謝の意を告げた。

ちょうど直之進たちは辻に差しかかっていた。笑みを浮かべて百姓は左に折れていった。

直之進と佐之助はそのまま道をまっすぐ進み、佐賀屋敷に急ぎ足で近づいていった。

「やはり佐賀どのになにかあったようだな」

佐之助がいい、直之進は、うむ、と顎を引いた。

塀には屋根つきの門が設けられていた。ここに駕籠は入っていったようだ。

五間ほどの長さの石畳の突き当たりに母屋が建ち、その玄関前に空の駕籠が置かれているのが見えた。二人の駕籠かきが所在なげに煙草を吹かしていた。

「なにがあったのだ」

素早く門をくぐり抜けた直之進は駕籠かきに足早に近づき、声をかけた。

いきなり怒鳴るようにきかれて二人の駕籠かきはびっくりしたようだが、がっしりとした体格の駕籠かきが煙管を口からさっと離し、落ち着いて答えた。

「なんでも、こちらの旦那さまが何者かに襲われて怪我をなさったそうですよ」

「襲われただと」

語気荒く直之進はいい、駕籠かきをにらみつけた。

「えっ、ええ、さいですよ」

直之進の剣幕《けんまく》に驚き、二人の駕籠かきがわずかに後ずさりする。

「誰に襲われたというのだ」

「いえ、それはわかりやせん」

もう一人のずんぐりとした体つきの男があわててかぶりを振った。

「佐賀どのは大丈夫なのか。生きていらっしゃるのか」

なおも直之進はたずねた。

「いえ、それもあっしらにはわかりやせん。ただ、こちらまでお医者を運んできただけですから。でもお命は大丈夫なんじゃないですかね」

「なにゆえそういえる」

「だって、あっしらが運んできたのは目医者ですからね」

「目医者だと」

何者かに襲われたというのに、なにゆえ目医者がやってくるのか。どういうわけだ。直之進は少し混乱した。

湯瀬、とそれまで無言を通していた佐之助が呼んだ。

「とにかく中に入ろうではないか」

母屋に向かって顎をしゃくる。

「うむ、そうしよう」

二人の駕籠かきに目顔で告げて、直之進は玄関に足を踏み入れた。

「ごめん」

式台の前に立ち、中に声をかけた。

「は、はい」

歳のいった者の声で応《いら》えがあり、すぐに一人の男があらわれた。身なりからして、どうやら大左衛門の下男のようだ。

「湯瀬直之進と申す。こちらは倉田佐之助どのだ」

「あっ」

二人を見て下男らしき男が声を漏らす。

「お二人でいらしてくださったのですね」

「佐賀どのが約束の場にいらっしゃらなかったゆえやってきたのだが、いったいなにがあったのだ」

「は、はい」

下男がごくりと唾を飲み込んだ。

「旦那さまが斬られたのでございます」

「なんだと。誰にやられた」

「そ、それはわかりません」

「佐賀どのは無事なのか」

「は、はい。お命には別状ないとのことでございますが……」

下男の声は歯切れが悪い。

「ただし、お目をやられてしまわれました」

「目をやられたのか。両目か」

「はい、両目でございます」

さすがに直之進は暗澹とした。

「失明されてしまうのか」

「それはわかりません。目医者の中では一番のお方にいらしていただきましたが……」

「佐賀どのは話せるのか」

「はい、話せます」

「会えるかな」

「きいてまいりましょう」

「そうしてくれるか」

腰を深く折ってから下男が廊下を戻っていく。

「大変なことになったな」

直之進は佐之助にいった。

「まったくだ。佐賀どのはいったい誰にやられたのか」

顎に手をやり、佐之助が考え込む。すぐに顔を上げ、直之進を見つめた。

「湯瀬、佐賀どのは命を狙われたのか。それとも、はなから目を狙われたのだろうか」

さすがに倉田だな、と直之進はこんなときだが、感心した。目の付けどころがちがう。自分は、そのようなことは一遍たりとも考えなかった。

うむ、と直之進は首肯した。

「佐賀どのがどのような斬られ方をしたかによるのだろうな」

「佐賀どのが両目をやられたということは、賊は高く上げた刀を横に払ったということにならぬか」

佐之助にいわれ、直之進はその光景を頭に描いた。

「つまりこういうことか」

刀を握ったふりをした直之進は、佐之助の顔の高さまで掲げた両腕を、横にさっと振ってみせた。

「そうだ。襲った者はなかなかの遣い手といえよう。狙ったからといって、あやまたず両目を傷つけるなど、そうできることではないゆえ」

「確かに」

直之進は点頭した。

「しかし、佐賀どのがはなから目を狙われたとして、なにゆえそのような目に遭わなければならぬ」

「賊が何者なのかもあわせ、それについては佐賀どのに話を聞いてからでないとなんともいえぬな」

そこに先ほどの下男が戻ってきた。式台に両膝をつき、直之進たちを見上げる。

「お待たせいたしました。旦那さまはお会いになるそうでございます」

「それはよかった」

玄関で雪駄を脱いだ直之進と佐之助は、下男のあとについて廊下を進んだ。

「こちらでございます」

足を止めた下男が直之進たちにいった。直之進たちの目の前には、満開の桜に鶯《うぐいす》の襖絵がある。

「旦那さま、湯瀬さまと倉田さまがいらっしゃいました」

「うむ、襖を開けておくれ」

大左衛門の声がし、下男が襖を横に引いた。

布団の上にあぐらをかき、医者の治療を受けている大左衛門の姿が直之進の目に飛び込んできた。晒《さらし》がぐるぐると顔に厚く巻かれている。薬湯《やくとう》らしい甘いにおいが、八畳の座敷に満ちている。

「佐賀どの……」

痛々しいその姿を見て、思わず目を伏せた直之進はそれ以上の言葉が出てこなかった。

「その声は湯瀬どのでござるな。遠慮なさらず、お入りくだされ」

存外に明るい声で大左衛門がいった。

「では」

頭を下げて直之進は敷居を越えた。大左衛門のかたわらに正座している医者の後ろに座した。直之進の横に佐之助も座った。

「湯瀬どの、倉田どの、今日は約束を守れず、まことに申し訳ないことをいたしました」

心からすまなげにいって、大左衛門がこうべを垂れる。

「いえ、まさかこのような仕儀になっているとはまったく知らず、こちらこそ申し訳ないと思っております。それにしても佐賀どの、なにゆえこのようなことになったのでございましょう」

「それがしにもわからぬのだ」

大左衛門が悔しげに唇を震わせる。

「なにゆえそれがしがこのような目に遭わねばならぬのか」

「どういうふうに襲われたのですか」

「それがしと佐治彦は宇田里庵を目指して、武家屋敷に囲まれた道を歩いておった」

その言葉を受けて下男が辞儀する。この男は佐治彦というのか、と直之進は思った。

薬湯が入っているらしい湯飲みを、医者が大左衛門に丁寧に手渡す。しっかりと受け取った大左衛門が唇を薬湯で湿して続ける。

「じき本郷《ほんごう》に入ろうかというところで、それがしは、いきなり賊に襲われたのでござるよ」

「どのような賊でしたか」

直之進は大左衛門にきいた。

「それがよくわからないのだ。賊はそれがしの後ろから襲ってきました。それがしを呼び止め、振り返らせたところでいきなり刀を振ってきましてな」

口元をゆがめた大左衛門が薬湯を一気に飲み干し、湯飲みを空にした。

「佐治彦によれば、賊は侍とのことでした。それがしは姿を一瞬、見たに過ぎませぬ。見たと思ったときには、両目をやられておりもうした」

「呼び止めた声に聞き覚えは」

「ありませぬ」

「佐治彦とやら」

直之進は優しく呼びかけた。

「賊の人相は覚えているか」

「いえ、頭巾をしておりましたので、まったくわかりません。歳もわかりません」

申し訳なさそうに佐治彦が答えた。

「頭巾をしていたのか。賊の姿形に見覚えは」

「いえ、ございません」

「そうか。──佐賀どの、襲われたのは、本郷近くの武家屋敷とおっしゃいましたね」

「はい。それまでの喧噪が嘘のように静かになり、人けもまったく絶えていました。そのときを見計ったかのように、賊はあらわれもうした」

「襲われて佐賀どのはどうされました」

「いきなり両目が見えなくなり、その後、強烈な痛みを感じもうした。そのときには、よくわからなかったが、尻餅をついておったようにござる。わしは両目を斬られたのかと、どん底に突き落とされたような気分になりもうした」

そうだろうな、と直之進は思った。刀で目をやられたら、まずまちがいなく失明するだろう。

目の前の医者に傷の具合がどうなのか、直之進はききたかったが、それは自分のすべきことではないだろう。

「尻餅をついた佐賀どのに対し、賊はそのあとどうしました」

「なにもしなかったのでござるよ」

唇をきゅっと引き締めてから、大左衛門がぽつりと答えた。

「つまり、賊は佐賀どのの目が狙いで、命まで取ろうという気はなかったということでしょうか」

「そういうことになりましょうかな」

小さく首を振りながら大左衛門が答える。

「賊はそれがしの様子を見るためか、しばらく抜き身を手に下げてその場に立っていたようです。それがしが両目から血を流しているのを見て満足したのか、賊はさっと袴をひるがえし、走り去ったそうです。佐治彦、そうであったのう」

「賊が逃げ去ったあと、手前は大声を出しまして、近くにいらしたお武家を大あわてで呼んだのです」

「すぐにそれがしは医者に担ぎ込まれ、応急の手当をしていただきもうした。そのあとでこの屋敷に駕籠で戻り、目の名医として知られる鯨斎《げいさい》先生を呼んでもらったのですよ」

「佐賀どの」

　ここで初めて佐之助が口を開いた。

「その声は倉田どのですな。なにか」

　佐之助のほうに晒に包まれた顔を向け、大左衛門がきく。

「なにゆえ目を狙われたのか、その理由に心当たりは」

「それがさっぱりでござる。一応は考えてみたのだが……」

「最近、うらみを買ったようなことがござったかな」

「いえ、ありませぬ。——しかしなにかあったからこそ、それがしはこのような目に遭わされたのでござろうな」

「おそらくは」

　言葉短く佐之助が答える。

「人けのない場所で襲ってきたところから、賊は佐賀どのの動きを見張っていたと考えられる。そのような目を、ここしばらく感じはしなかったか」

「感じませんでしたな」

　無念そうに大左衛門が答えた。

　感じていたら、と直之進は思った。もう少し佐賀どのも用心をするなりしたのだろう。

「倉田どの、それがしは帳面に覚え書きを記しておりもうす。それを見れば、なにかわかるかもしれませぬ」

「それは今お持ちか」

真剣な目を大左衛門に注いで、佐之助がたずねた。

「持っておる。佐治彦、手箱から持ってきてくれぬか」

さほど間を置かずに戻ってきた佐治彦が、大左衛門に帳面を手渡した。

「これでございます」

「見てもよろしいか」

「もちろんでござるよ」

「では、失礼する」

帳面を受け取った佐之助が最初の頁を開き、目を落とした。直之進にも見えるよう帳面を差し出してきた。

直之進は帳面を凝視した。三月前の日付が目に入った。どうやら日記のようなものらしいが、そこまでは詳しくない。会った人の名やどんな理由で会ったのか、簡潔に記してあるだけだ。

「この覚え書きを詳しく見たからといって」

そういって佐之助が帳面を閉じ、直之進を見つめてきた。

「佐賀どのを襲った者が知れるかどうかわからぬが、せいぜいここ半月以内に佐賀どのに会った者が関係していると限定してよいのではないかな」

再び佐之助が帳面を繰《く》りはじめた。うむ、と直之進は首を縦に動かした。

「もし佐賀どのがうらみを買ったり、見てはならぬものを見たりしたとしても、そうだな、下手人が佐賀どのを害さずにいられるのは、せいぜい半月程度だろう。おぬしのその考えに異論はない」

「湯瀬、ならば我らの手で徹底して調べ、佐賀どのを害した者を必ず捕まえるぞ」

「承知した」

直之進と佐之助のやり取りを、ありがたいといいたげな風情で大左衛門が聞いている。

「――鯨斎先生」

すがるような声で目医者を呼んだのは、佐治彦である。

「旦那さまのお目はどうなりましょうか」

薬の調合を助手に指示していた鯨斎が、佐治彦を見、それから大左衛門を見つめた。なんといおうか迷っているかのように、少し頬をふくらませている。

「失明するかもしれないが、あるいは治るかもしれない」

直之進は、苦しげに答えた鯨斎を気の毒に思った。確かにそのくらいしかいいようがないのではないか。

だが、治るかもしれないというのも、嘘ではないのだろう。傷が癒えず本当に失明するのであれば、医者としてそのあたりははっきりと大左衛門に告げるのではあるまいか。患者に下手な希望を持たせるような物言いはするまい。

「治るかもしれないのですね。よかった」

佐治彦は無邪気に喜んでいる。なにもいわず大左衛門はうつむいている。

——おや。

ふと直之進は玄関のほうを見やった。

「誰か人が来たようだな」

「うむ、おぬしのいう通りだ」

佐之助も人の気配を感じているようだ。

直之進に届く気配は決して剣呑なものではなく、むしろ穏やかな気を発している感じがする。

「まことに来客でございますか」

半信半疑の顔つきながらも、佐治彦が腰を上げかけた。

「ごめんください」

玄関から人の声が聞こえてきた。

「あっ、はい、ただいま」

あわてて佐治彦が部屋を出た。足音が廊下を遠ざかっていく。

「あの声は――」

聞き覚えがあるどころではない。よくなじんだ声である。

佐治彦に案内されて、周知の男が部屋にやってきた。

「あっ、直之進さん」

開けられた襖から顔を突き出すようにして、南町奉行所同心の樺山富士太郎《かばやまふじたろう》が
うれしげな声を発した。

後ろに忠実な中間《ちゅうげん》である珠吉《たまきち》が控えている。直之進を見て、珠吉が頭を下げ
てきた。直之進もうなずきを返した。

富士太郎の目が動き、佐之助をとらえた。少し厳しい顔になったものの、すぐ

に瞳から力を抜き、小さな笑いを浮かべて明るく挨拶した。

正座したまま佐之助も柔和に笑い返した。

「直之進さん、倉田どのは、なにゆえこちらにいらしているのですか」

直之進の横に静かに座り、富士太郎がきいてきた。

それを受けて直之進はあらましを語った。

「ああ、そういうわけですか」

富士太郎が納得の顔になった。

「佐賀どのが待ち合わせの場所に見えず、それで気になって、二人してこちらにいらしたというわけですね」

「そうだ。富士太郎さんが見えたということは、佐賀どのの事件の担当ということかな」

すぐに直之進は問うた。

「さようです」

富士太郎が強い調子で顎を引いた。

「根岸というところは墨引外なので、我ら町奉行所の管轄ではないのですが、佐賀どのが襲われたのは本郷に近い湯島でした。ゆえに、湯島も縄張としているそれがしが、こたびの一件を担当することになりました」

「それは心強いな」

直之進は正直な感想を漏らした。

「なにしろ今や富士太郎さんは南町奉行所一の切れ者だ」

「いえ、そんなことはないのですが」

照れたように富士太郎が謙遜《けんそん》する。

「佐賀どの、それがしがいま申したことは真実です。富士太郎さんはすばらしい町方同心ですよ」

「そのような人に来ていただけて、それがしはうれしゅうござる」

「——湯瀬」

唐突な感じで佐之助が呼びかけてきた。

「なんだ」

直之進は佐之助に顔を向けた。

「おぬし、最後となる用心棒をやるつもりはないか」

すぐに直之進はぴんときた。

「それは探索はおぬしに任せ、佐賀どのの警護につけ、ということだな」

「そうだ。樺山と珠吉が探索するのなら、おぬしまでいらぬだろう。探索は俺一人で十分だ。佐賀どのの目を斬ったことで賊は目的を達したのかもしれぬが、まだ油断はできぬ。また佐賀どのを襲ってくるかもしれぬ。それをおぬしに守ってほしいのだ」

「わかった、佐賀どのの警護に就こう」

それを聞いて大左衛門がほっと息をついた。

「すまぬな」

佐之助が直之進に頭を下げてきた。

「別におぬしが謝る必要はなかろう。だが倉田、しっかりと下手人を捕まえてくれ。佐賀どのも同じだろうが、俺はなによりこたびの一件の真相を知りたい」

「任せておけ」

胸を叩くように佐之助が請け合う。

「といっても、俺より先に樺山と珠吉が捕らえるかもしれぬ。樺山はやり手だからな」

まさか佐之助にほめられるとは思っていなかったらしく、富士太郎がぽかんと口を開けている。

「そうだ、樺山、これを渡しておく」

大左衛門の覚え書きの帳面を、佐之助が差し出した。

「なんだい、これは」

帳面を見て不思議そうに富士太郎がきく。すぐさま佐之助が説明する。

「あれ、そんな大事な物をそれがしに貸してくれるのはいいけれど、倉田どのはよいのかい。これを元に探索に当たるつもりじゃないのかい。写さなくても大丈夫かい」

「大丈夫だ」

自信満々に佐之助がいいきった。

「ここ半月以内の佐賀どのが会った者は、すべて頭に入れたゆえ」

「ええっ、本当かい」

富士太郎があっけにとられる。珠吉も、すごいな、という顔つきをしている。

「嘘をついても仕方なかろう」

苦笑とともに佐之助が告げた。

「この帳面の半月分を……」

信じられないという顔で富士太郎が帳面を繰《く》る。

「湯瀬、では俺は行くぞ。それから、俺からおきくどのにこれまでの経緯《いきさつ》を伝えておく」

「ありがたい。ならば、俺が不在のあいだは、米田屋に身を寄せているようおきくにいってくれぬか」

「わかった」

いきなり直之進が大左衛門の警護に就いたことを聞かされて、おきくはきっと驚くだろう。だが、それもまた直之進らしいと、思ってくれるだろうか。

この一件が終わったら、と直之進は考えた。女房孝行をせねばならぬ。

富士太郎と珠吉は姿勢を正し、改めて大左衛門に事情をききはじめた。

第三章

一

頰はゆるみきっている。

おのが手で触れずとも、波多野展兵衛にはそれがわかった。狭い境内を吹き渡る、べたついている風もさわやかに感じられる。それほどに気持ちが浮き立っている。

なにしろ、と展兵衛は思った。今宵、ついに二千両が手に入るのである。昨日、象二郎からその旨を知らせる文が届いたのだ。

二千両もあれば、と展兵衛は思った。おいくのところに足繁《あししげ》く通える。いや、身請《みう》けができる。

むろん展兵衛は、うつけ者のように心を弾ませているばかりではない。決して警戒を怠ってはいないのだ。

なにしろ、日が暮れて久しい刻限に、元飯田町中坂の名もない神社に来るよう象二郎は伝えてきたのだから。警戒するな、というほうが無理ではないか。

三船象二郎という男は、と闇に包まれた境内を見渡して展兵衛は思った。実のところ、この俺を殺すつもりなのではないか。

どうにもそんな気がしてならない。

はっ、として展兵衛は後ろを振り向いた。今なにか物音がしなかったか。

体勢を低くし、展兵衛は鯉口《こいぐち》を切った。

背後にも、深い闇が沼底の泥のようにうずたかく積もっている。

その中で、ほんの三間ばかり離れたところに、ちっぽけな本殿が黒い影を闇に浮かび上がらせている。

物音は、本殿の陰から発せられたのではないか。そこに誰かひそんでいないか、身じろぎもせずに展兵衛は見つめた。

今にも人影が躍り出て、斬りかかってくるのではないか。

展兵衛は鯉口を戻した。

つー、と冷たい汗が背中を流れていった。やや強い風が吹き、足元の土が、ざざざ、と音を立てる。

――本殿の陰へ行き、のぞき込むのだ。

展兵衛はおのれに命じた。だが、足は重しがのせられているかのように動かない。

じりじりと時が過ぎていく。背筋を汗が流れていく。

――誰もおらぬ。

全身にじっとりと汗をかいた展兵衛は、ついにそう判断した。本殿の陰から、物音は二度と聞こえてこなかったのだ。今は勘ちがいだったと、考えるしかなかった。

ふう、と展兵衛は小さく息を漏らした。背筋を伸ばす。

顔を門のほうに向けた。まだ人が来そうな気配はない。刀をすぐさま引き抜けるように長いこと曲げていた腰が、ずきりと痛んだ。展兵衛は左手で軽く叩いた。

ゆったりと吹き渡る風に、境内を取り囲む梢や竹がときおり音を鳴らす。さっきは、その音が耳に届いただけかもしれない。

ただし、と展兵衛は思った。警戒してしすぎるということはない。背後からばっさりなどということになったら、目も当てられないではないか。

――おや。

門のほうから、ひそやかな足音が聞こえてきた。誰かが石段を上ってくる。

――三船どのだな。

丹田《たんでん》に力を込め、展兵衛は再び刀の鯉口を切って腰を落とすと、門のほうを見つめた。

一段一段が高くつくられた石段は、十五段ばかりある。提灯の黄色い明かりが、石段の両側の木々を淡く照らしはじめた。光の輪が徐々に上がってくる。

やがて門の屋根が闇の中に浮かび上がり、提灯があらわれた。明かりに人影が見えている。だが、顔は判別できない。

境内を見通すかのように、いったん提灯が前方に差し出された。まだ、顔がはっきりしない。提灯の位置が元に戻り、人影がためらうことなく門をくぐり抜けた。

闇の中、手水舎のかたわらにたたずむ展兵衛が見えているのか、石畳を踏むことなくまっすぐ進んでくる。

おや、と展兵衛は首をかしげた。人影が千両箱を持っているようには見えない。下の鳥居のところに置いてあるのか。

いや、そのような不用心な真似はするまい。提灯の主は象二郎ではないのか。

だが、こんな刻限にお参りに来る者などいるとは思えない。

淡い提灯の明かりが、闇に目が慣れた展兵衛にはまぶしいほどだ。

六、七間ばかり歩を運んだところで、人影は立ち止まった。展兵衛との距離は三間もない。持ち上げられた提灯の明かりが三船象二郎らしき侍の顔を照らし出した。そのとき、ふっ、と息を吐く音がし、提灯が消えた。

一瞬であたりは闇に包まれた。たったそれだけのことで展兵衛の胸は、きゅん、と痛んだ。しっかりしろ、と自らを叱咤する。

――なにを怖《お》じ気《け》づいているのだ。なんのために道場に通い、鍛え上げたのだ。肝心なときに及び腰にならぬようにするためではないか。俺がそうたやすくやられるはずがない。もっと自信を持つのだ。

「――波多野どの」

快活な声で呼ばれた。目の前に姿勢よく立っているのは、紛れもなく三船象二郎である。

「よく来てくれた」

「なに、二千両をいただけるのなら、どこにでもまいる」

内心の動揺を読み取られまいと展兵衛は気持ちとは裏腹に明るい声を放った。

展兵衛の声を聞いて、象二郎が首をひねる。

「おや、なにやら声が震えておるようだな。波多野どの、もしやおびえておるのか」

「おびえてなどおらぬ」

闇を見透かすように、象二郎がわずかに顔を傾けた。

「ならば、警戒しておるのか。どうやら鯉口も切っておるようだな」

「ああ、切っている」

ごまかすことなく展兵衛は答えた。いつでも刀を引き抜けるようにしてあることを象二郎に見せつけることは、決して悪いことではない。

「まさか、わしがそなたを襲うとでも思っているのではなかろうな」

「警戒したところで損はない」

「確かにな」

「三船どの、二千両は持ってきたのか」

「ここだ」

答えて象二郎が懐に手を入れた。

「なに」

わけがわからない。展兵衛は眉をひそめた。

「今日はこれを渡すために、波多野どのにわざわざ来てもらったのだ」

懐から取り出して、象二郎が展兵衛に差し出してきたのは袱紗のようだ。

「それはなんだ」

袱紗を見つめて展兵衛はきいた。

「為替《かわせ》だ」

「為替というと」

「二千両の為替に決まっておろう。これを両替商に持っていけば、おぬしは二千両を手にできるというわけだ」

「現金ではないのか」

象二郎が苦笑する。

「ここまで千両箱を二つ抱えてくるのは、至難の業《わざ》だ。おぬし、一杯に詰まった千両箱の重さを知らぬようだな。五貫はあるのだぞ。二つ合わせて十貫もの物を、持ってくることなどできようはずもない」

「ならば、俺が両替商に取りに行くときは駄馬なり、荷車なりを用意していったほうがいいということだな」

「そういうことになるな。おぬしには手数をかけさせることになるが」

「二千両のためなら、そのくらい、屁でもない。江戸市中なら両替商はどこでもよいのか」

「いや、麴町《こうじまち》二丁目の朔治屋《さくじや》に行ってくれ。岩清水家は、そことしかつき合いがないゆえ」

「麴町二丁目の朔治屋だな」

確かめた展兵衛は、じり、と土をにじって象二郎に近づいた。油断のない目で象二郎を見つめてから手を伸ばし、袱紗をひったくるようにした。

おや、と展兵衛はあわてて腰をかがめた。為替が入っているだけのはずなのに袱紗はずしりと重く、取り落としそうになったのだ。

なんだ、これは。

展兵衛は袱紗の結び目を急いでほどいた。おっ、とすぐに目を丸くすることになった。

そこには、二十五両入りの包み金が八つもあったのだ。油紙に包まれ、丁寧にたたまれた一通の紙もあった。これが為替だろう。

「なんだ、この金は」

目を大きく見開いて展兵衛はたずねた。

「なに、二千両の利子のようなものだ。波多野どのは、それだけ大事なことを知らせてくれたというわけだ」

遠藤信濃守が、偽の関の孫六を佐賀大左衛門に鑑定に出そうしていると伝えたことだろう。

たったそれだけのことなのに、まさか象二郎がここまでしてくれるとは、展兵衛は夢にも思わなかった。信じられない大金を目の当たりにして、心の臓がどきどきしてきた。

「二百両……」

それ以上、声が出ない。

ふふ、と象二郎の尊大な笑いが境内に低く響いた。

「おぬしが教えてくれたことは、それだけの価値があるのだ」

「ま、まことか」

声がつっかえないようにするには、あまりに興奮が大きすぎた。

「まこともまことよ」

象二郎が人なつこい笑みを浮かべたらしいのが、展兵衛に伝わってきた。

「では、それがしの知らせが役に立ったのだな」

「そういうことだ」

「それはよかった」

あの話をもとに象二郎がなにをしたのか、展兵衛は勘繰《かんぐ》る気はない。知って得があるわけでもない。おそらく佐賀大左衛門になにかしたのではないか。調べれば、すぐにわかるだろう。だが、展兵衛にそんな気はない。象二郎がなにをしようと知ったことではないのだ。興味があるのは金とおいくだけだ。

それにしても、と展兵衛は思った。考えてもいなかった二百両もの金が手に入るとは、これ以上の喜びはない。疑って悪かったな、と展兵衛は象二郎にすまなさを覚えた。

「では、遠慮なくいただく」

八つの包み金を袱紗で包み直し、展兵衛は懐にしまい入れた。改めて象二郎に礼を述べようとした。

そのとき、いきなり目に見えないなにかに体を絡め取られたような気がした。

なんだ、これは。

戸惑いながらも象二郎を見つめた展兵衛は、それが殺気であることに気づいた。象二郎が発しているのではないか。

やはり、この男は俺を殺そうとしているのだ。口封じにちがいあるまい。

素早く刀を引き抜こうとしたが、展兵衛の動きは柄をつかんだところで、ぴたりと止まった。背中に、焼け火箸でも当てられたかのような痛みが走ったからだ。ぐむう、と喉の奥からうめき声が漏れる。

「き、きさま、や、やはり……」

象二郎をにらみつけて展兵衛はなおも抜刀しようとしたが、腕にまったく力が入らない。

背中から体をまっすぐに貫いた刀の切っ先が、胸から突き出ている。それがさっと引き抜かれ、体が二つに裂かれたような痛みが駆け抜けた。

うう、とうなるような声を上げた展兵衛は痛みに耐え、後ろを振り向こうとした。だが、そこまでだった。両膝が力なく割れ、どたり、と音をさせてうつぶせに倒れ込んだ。

——俺を刺したのは、岩清水家の若党か——。ずっとひそんでいたのだ。

もし物音を聞き取ったあのとき、本殿の陰をのぞき込んでいたら、こんなことにはならなかったのか。

そうかもしれぬ。

だが、今そんなことをいったところで繰《く》り言《ごと》でしかない。

二千両か、とやや湿った土を手でぎゅっと握り込んで展兵衛は思った。冷静に考えてみれば、たかだか七百八十石の旗本家の用人に払えるわけがない。それだけの金があれば、じかに遠藤盛定に払ったほうがいい。

いま俺の懐にある二百両が関の山ではないか。

自分では、と展兵衛は思った。欲をかいたつもりはない。

だが、実際にはちがったのか。だからこそ、こんな羽目《はめ》に陥ってしまったのだろう。

――くそう、俺はくたばるのか。死にたくない。まだまだ生きていたい。

しかしながら、傷は深そうだ。もはや死は免れまい。

それでも、死がやってくるまで、まだしばらくありそうだ。岩清水家の若党は急所を外したのだろう。

腕は大したことがないのだ。こちらががら空きの背中をさらしていたにもかかわらず、瞬時に命を奪うことができなかったのだから。

「邦三郎、なにゆえここにおるのだ」

象二郎が尖った声を上げた。邦三郎と呼ばれた若党がすぐに答える。

「二度にわたり、それがしはご用人のあとをつけさせていただきました」

「では、わしが感じた目は二度とも邦三郎のものであったのか」

「つい先日、ご用人のことが案じられてならず、殿を頼むといわれたにもかかわらず、それがしは勝手な真似をしたのです。ご用人はこの神社で波多野展兵衛とお会いになった。今夜もまた同じ場所で約束しているのではないかと踏み、それがしは本殿の裏にひそんでおりもうした」

「そういうことであったか」

つまり、と薄れゆく意識の中で展兵衛は思った。本殿の陰に邦三郎という岩清水家の若党がひそんでいることを、三船象二郎は知らなかったのだ。

展兵衛は、がくりと首を地面に落とした。実際には息絶えたわけではない。死んだふりをしたに過ぎない。

「まったく余計な真似を。誰が波多野どのを殺せといったのだ」

いまいましげに象二郎が吐き捨てる。

「しかし、それがしはご用人を助けたかったのです」

必死の思いを口調ににじませて、邦三郎が訴える。

「ご用人は、端からこの波多野展兵衛を亡き者にする気でいらしたのではありませぬか」

「端から、ということはない。実際には迷っていた。――いや、そうではないな」

思い直したように象二郎がいった。

「今宵、わしは波多野を殺すつもりでおった。波多野に渡した二百両は、油断を誘うためのものだった。生かしておくにはあまりに口が軽そうな男ゆえ、わしは殺すことを決断したのだ」

俺の口が軽いだと。憤怒《ふんど》が展兵衛の体を駆け抜けた。そいつは思いちがいだ。俺ほど口の堅い者はこの世におらぬ。金さえもらえれば、誰にも漏らすことはないのだ。最愛のおいくにもだ。

「今夜、お出かけになるときのご用人のお顔は、怖いほどでございました。なにかしらの覚悟がはっきりと見えてござった」

「ふむ、そうであったか」

諦観を感じさせる声でいった象二郎が、不意にそばにひざまずいたのが展兵衛にはわかった。

ここで脇差を引き抜き、象二郎の胸に突き立てることができたらどんなにすっきりするだろう。だが、体はまったく動かない。

象二郎はなにをするつもりなのか。俺にとどめを刺す気か。

やめてくれ、と身動きすることなく展兵衛は祈った。

手を伸ばした象二郎が、展兵衛の懐を探っている。すぐに二百両入りの袱紗が抜き取られた。

そんなものはくれてやる。死に行く者には不要だ。

とにかく、とどめを刺すな。

展兵衛の願いが通じたか、袱紗を手に象二郎が立ち上がったのが知れた。

「邦三郎、二度と勝手な真似をするでない」

若党を戒めるように象二郎が命じた。

「はっ、わかりもうした。――ご用人、この死骸はどういたしますか」

「放っておけばよい」

「えっ」

若党が意外そうな声を発する。

「どこかに埋めずともよろしいのですか」

「構わぬ。ここに骸《むくろ》があれば、この一件を担当するのは寺社奉行だ。寺社奉行所に探索の玄人《くろうと》は一人としておらぬ。町奉行所とは大違いだ。骸をこの場に放っておいても、なんら案ずることはない。我らが捕まることは決してない」

くそう、こやつの思い通りにさせてたまるか。意識が途切れぬよう、展兵衛は象二郎に対する憎しみを募らせた。

傷の痛みが続いているのが、逆にありがたい。気が遠くなりそうになるのを、引き戻してくれる。血は背中から、どくどくと流れ出ているのだろう。

決して許さぬ。許すものか。

ふと、土を踏む二つの足音が展兵衛の耳に届いた。静かに遠ざかっていく。狭い境内をあとにした象二郎たちは門を抜け、石段を降りていったらしく足音は聞こえなくなった。

気力を振りしぼって顔を上げた展兵衛は、境内に誰もいないことを確かめた。

動けっ。力が入らない手足に命じた。動くのだ。

すると、かすかながらも力が戻ってきた。よし。両腕に力を込めた展兵衛は芋虫のようにずるずると地面を這いはじめた。

ここでは死ねぬ。境内を出なければならぬ。俺をこんな目に遭わせた三船象二郎に、必ず復讐してやるのだ。

できれば下手人の名を書いた紙でも残せればよいのだろうが、その手の用意はまったくしていない。仮にあったとしても、今の状態では文字など書けはしない。

――ともかく境内の外に出る。

それだけを考えて、展兵衛は前に前にと這いずり続けた。

雪駄が脱げたのが知れた。

――そうだ、雪駄はおいくが買ってくれたものだ。大事にするといったばかりなのに、もう二度と履くことはないのだ。

おいく、すまなかった。

どのくらい進んだものか、ふと展兵衛が目を上げると、ようやく門まで来たところだった。まだこんなところか、と展兵衛は絶望を味わった。

だが、決してあきらめるわけにはいかぬ。

ひどい痛みは今も全身を襲い続けている。展兵衛は、自分の動きが赤子よりも遅いことを自覚している。それでも、確実に前に進んでいる。

こうして致命傷を与えられてしまった以上、おのれの手で三船象二郎をなんとかできるわけではない。

町奉行所に頼るしかない。そのためにも、名もない神社の境内で息絶えるわけにはいかぬのだ。

展兵衛はようやく石段にたどり着いた。ここでひと休みしたいという衝動に駆られる。

しかし、展兵衛はその思いを振り払い、石段に体を預けた。勝手に体がずり落ちていく。

気づくと、ちっぽけな鳥居の下に展兵衛はいた。

――もう一息だ。

体に残った気力の一粒一粒をかき集めるようにして展兵衛はさらに這いずった。

ついに鳥居を抜け出て、道の真ん中に横になった。

――ここで十分だろう。

展兵衛は安堵に近い思いを抱いた。

その途端、眼前の闇より深い暗黒が脳裏を覆いはじめた。

――ああ、最期が近いのだな。だが、俺はやり遂げたぞ。あとは町方に任せればよい。相手が旗本の用人であろうと、きっと仇を討ってくれよう。

そう思った瞬間、意識がぶつりと音を立てて切れた。

がくりとうなだれ、展兵衛はそれきり二度と動かなかった。

二

腕組みをして石段を見上げた。

この階段は、と樺山富士太郎は思った。一段一段がけっこう高くつくられているんだね。

「珠吉、石段の上から下まで、ずっと血がついているよ」

階段に沿って視線を下ろしながら、富士太郎はいった。ええ、と忠実な中間の珠吉がうなずく。

「この仏は、あの門の先の境内から、ずっと這ってきたんじゃないですかね。だとしたら、ここまで来るのに、ほとんどの血を失ったにちがいありやせんぜ」

鳥居を抜け出た路上で力尽きたようにうつぶせている死骸に、珠吉は気の毒そうな目を当てている。

殺されたのは腰に両刀を差した侍である。歳は三十代前半だろうか。袴はちゃんと穿いており、着流し姿ではない。ただし、裸足《はだし》だ。

「履物がないのは、ここまで這ってくる途中で脱げたからだろうね」

「ええ、そういうことでしょう。上に行けば、きっと見つかりますよ」

死人が見つかったと聞きつけて、近隣の者たちが道の両端に集まり、わいわい騒ぎ合っている。町奉行所の小者や中間たちが人垣をつくり、野次馬《やじうま》が近くに寄ってこないようにしていた。

「珠吉、この神社には名があるのかい」

石段の上に建つ門に目をやって、富士太郎はたずねた。

「元飯田町ならこれまでなんべんも通りかかっているけれど、おいらはここに神社があるだなんて、ちっとも気づかなかったよ」

「あっしも似たようなものですよ。近所の者たちもろくに名を知らない神社のようですけど、あの門には座木山《ざきやま》神社とありますぜ」

えっ、と富士太郎は珠吉に顔を向けた。

「珠吉は、あの扁額の文字が読めるのかい」

富士太郎にわかるのは、なにやら細かな文字が書かれたちっぽけな扁額が、門に掲げられていることだけだ。

「ええ、もちろん読めますよ。旦那は駄目なんですかい」

「全然わからないよ。へえ、あれが読めるだなんて、珠吉は大した目をしているねえ」

「このくらい、なんてことはありませんよ。当たり前のこってすよ」

謙遜《けんそん》してはいるものの、目のよさをほめられて珠吉は上機嫌だ。

年寄ってきて人より元気なところがあると、ことのほかうれしいものなんだろうねえ。この仏さんには悪いけど、と富士太郎は思った。この分なら珠吉は当分くたばりそうにないよ。六十を過ぎたのに元気でいてくれるってのは、ほんと、ありがたいことだねえ。

口元に浮かびそうになる笑みを嚙み殺し、富士太郎は死骸のかたわらにしゃがみ込んだ。真剣な目で死骸を見つめる。

殺された侍は両手で土を一杯につかんではいるものの、うなだれて息絶えているさまには、どこか満足げな雰囲気があるように感じられる。

ざっと死骸を見た感じでは、傷は背中に一つだけのようだ。検死医師福斎《ふくさい》の調べを待たないとならないが、ほかに傷はないのではないか。目を凝らし、富士太郎はじっくりと仏の背中の傷を見た。

「こいつは刺されたものだね」

「ええ、まちがいありやせん」

腰をかがめた珠吉が張りのある声で答える。

これだけの声が出せる以上、と富士太郎は思った。本当に珠吉は当分のあいだ、大丈夫だろう。だが、いつかは隠居する日がやってくるのだ。

珠吉の後継の問題で、ここ最近、富士太郎は頭を悩ませている。一人、どうだろうか、と考えている男はいることはいる。興吉《こうきち》という、町奉行所の小者だった男だ。

歳は二十一、気性が明るく気働きができる。中間にはぴったりといってよい。ただし、町奉行所に奉公していたにもかかわらず、興吉は岡右衛門《おかえもん》という悪党の手下をつとめていた。富士太郎に捕らえられて小伝馬町《こでんまちょう》の牢屋敷に入っており、今は裁きを待つ身である。

悪党中の悪党だった岡右衛門は獄門《ごくもん》を免れようがないが、興吉は人を殺してはいない。ゆえに、遠島《えんとう》ではないか、と富士太郎はにらんでいる。岡右衛門の命令を受けた興吉は、富士太郎と珠吉を亡き者にするために破れ寺《やでら》に誘い込み、実際に富士太郎の命を奪える機会を作った。しかしながら興吉自身は手を下そうとはしなかったのだ。

もし遠島となれば、生き地獄といわれる流人《るにん》の島で興吉は一生を暮らすことになる。さして長くは生きていられないのではないか。

自業自得とはいえ、富士太郎はそんな興吉が哀れでならない。

ついこのあいだ直之進から、興吉を岡っ引にしたらどうだ、といわれたが、富士太郎の中でまだ結論は出ていない。

興吉の罪を不問に付して、岡っ引として雇うのは悪くないことだとは思っている。そういう例は、これまでも無数にある。事件の探索に重要な役割を担っている岡っ引は、もともと罪人だった者が大半を占めているのだ。

珠吉が元気なうちに興吉の岡っ引としての働きぶりをじっくりと見た上で、中間としてやれる男かどうか、見定められないものか。そんな考えが富士太郎にないわけではない。

「旦那、どうかしやしたかい」

不意に黙り込んだ富士太郎を気にしたらしく、珠吉がきいてきた。ううん、としゃがみ込んだまま富士太郎はかぶりを振った。

「なんでもないよ。——珠吉、仏のこの傷の凶器はなんだと思う」

「匕首《あいくち》ですかね」

「匕首か。……いや、この傷口はけっこう深いように見えるよ。傷は、背中から入って胸まで抜けているんじゃないかな」

福斎が来るまで、富士太郎たちは死骸に触れてはならない。当然、死骸を動かしてよくよく見ることもできない。

「そんなに深い傷だとしたら、匕首というのは、ちと考えにくいですね。匕首でも体を刺し貫くのはできないことではありやせんけど。でしたら、この仏は刀か脇差でやられたんですかね」

うん、と富士太郎はうなずいた。

「おいらは刀だと思うね。傷は急所を外れているようだけど、この仏は刺されたその場で息絶えても、決して不思議はなかっただろうね」

「あっしもそう思いますよ」

力強く珠吉が同意してみせる。

「これだけの重い傷を食らったにもかかわらず、この仏は気力を振りしぼって、ここまで這ってきたんですねえ。もう執念としかいいようがないですよ」

「なぜここまで這ってきたのかな。下手人を追ってきたのかな」

「旦那、そういうことじゃないと思いますぜ。この傷じゃ、下手人を追うことができないのは、この仏もわかっていたはずですよ」

つと珠吉もかがみ込み、富士太郎に顔を寄せてきた。ほかの誰にも聞こえないように声を小さくする。

「この仏は、きっと町方に探索に当たってもらいたかったんでしょう」

「ああ、そういうことかもしれないね」

なんとなくそうではないか、と富士太郎も察してはいた。だが、自分の口からいえることではなかった。

眉根を寄せて珠吉が続ける。

「残念ながら、お寺社の方々では探索は期待できませんからね。下手人を挙げるなど、夢のまた夢でやしょう。この仏は、そのことを知っていたんでしょうね」

寺社奉行は大名役である。訴訟や探索、僧侶や神官の取り締まり、神域や寺領の管理など、すべてのことをその大名家の家臣が執り行う。町奉行所とちがい、探索専門の者がいるわけではないから、事件は不得手としている。手に余る事件に関しては、町奉行に探索を依頼してくることがあるほどだ。

顎を上げて富士太郎は珠吉を見やった。

「町方が探索に当たるなら必ず下手人を挙げてくれると信じて、這いずってきたんだね」

「旦那、なんとしてもその期待に応えなきゃいけませんぜ」

富士太郎の背中をどやしつけるかのような口調で珠吉がいった。

「その通りだよ、珠吉」

立ち上がり、富士太郎は昂然と胸を張った。

「おいらは必ず下手人を挙げてみせるよ」

「その意気ですよ、旦那」

どんなことがあっても、がんばり通さなきゃいけないよ。自分にいい聞かせて、富士太郎は目の前の死骸を見つめた。

同じように珠吉もじっと見ている。

「旦那、この仏は何刻頃に殺されたんでしょうか」

そうだね、と富士太郎は首をひねった。

「これも福斎先生の調べを待たないと駄目だけど、おいらは昨夜の四つから八つくらいのあいだじゃないかって気がするね」

「あっしも同感ですよ」

「もしおいらたちの見立てが合っているのなら、この仏が殺られたのは真夜中ってことになるね。そんな刻限に、この仏は、ここ座木山神社になにしに来たんだろう」

「まさか丑《うし》の刻《こく》参りってことはないですよね」

「珠吉、丑の刻参りのときは白装束《しろしょうぞく》を着るって聞いたことがあるよ。この仏は平服だし、丑の刻参りは頭にろうそくをつけるんじゃなかったっけ」

「いわれてみれば」

「それに、丑の刻参りというのは、どんな神社でもいいわけじゃないだろう。座木山神社がうらみを晴らすのに効き目があるのなら、近隣の者がもっとこの神社のことを知っていても不思議じゃないね」

「だとすると、別の理由があってこの仏はやってきたんですね。もしや、誰かと待ち合わせていたんでしょうか」

「待ち合わせか。そいつは十分にあり得るね。真夜中にこの神社にお参りに来るような奇特な人はそうはいないだろうから、人目をはばかるような待ち合わせには、ぴったりの場所なのかもしれないね」

「人目を避けるためというんでしたら」

首をかしげて珠吉が続けた。

「強請《ゆすり》の類ですかね。そういう後ろ暗い金の受け渡しなら、人の目を避けたいって気持ちになるんじゃないんですかね」

「強請の金の受け渡しか。つまり、強請られたほうがこの侍を殺したってことだね。まあ、その逆も考えられないではないけど……」

「その逆というと、強請ったほうが殺したということですかい」

「せっかくここまで足を運んだというのに金をもらえなかったことに腹を立てて、殺害に及んだって図になるのかね。でも、そいつはちがうね。金蔓《かねづる》は殺さないねえ。殺されそうになって返り討ちにしたってこともあり得るけど、やっぱり強請ったほうが殺られたと考えるほうが自然だよ」

その言葉を聞いて珠吉がうなずく。

「強請ったほうが殺されたとして、この仏はどうして後ろからやられたんですかね。金を受け取って帰ろうとして後ろから、ぶすり、ですかね」

「強請っている相手に、たやすく背中を見せるとは思えないけどね。珠吉、現場を見てみれば、わかるかもしれないよ」

「でしたら旦那、上に行ってみますかい」

顔を動かし、珠吉が門を見やる。

「うん、そうしよう」

珠吉にうなずきかけて、富士太郎は十五段ばかりある石段を見上げた。

石段についている血痕を踏まないように、一段一段を慎重に上っていく。

富士太郎たち町方の者は、逃げる下手人を追って寺や神社の境内に足を踏み入れることが禁じられているだけで、探索の際に立ち入ることを止められているわけではない。

石段を上がりきって古びた門をくぐると、案の定というべきか、富士太郎の目の前に、こぢんまりとした境内が広がっていた。

神社のまわりを深い木々や竹林が囲んでおり、樹間を抜けて斜めに射し込む朝日がすり切れた石畳を柔らかく照らしている。その照り返しが富士太郎の目に少しまぶしく映った。

本殿に突き当たって終わっている石畳にも、筆でなすりつけたような血痕が続いている。富士太郎たちは石畳の脇の地面に移ると、血の跡を追いかけて本殿へと近づいていった。

途中、ばらばらに脱ぎ捨ててある雪駄を珠吉が拾い上げた。

「こいつが仏の履いていた雪駄ですね」

一足の雪駄を手にして珠吉がつぶやいた。

「うん、そうだね。珠吉、なかなかいい雪駄なんじゃないかい」

雪駄を見て富士太郎はいった。

「しかも、まだかなり新しいですよ。買ったばかりってことですかね」

「どうやらそのようだね。お金が入って奮発したのかもしれない」

「それは強請の金ってことですね。強請は何度も繰り返していたんでしょうかね」

「そうかもしれないね。でも珠吉、強請が原因で殺されたと、まだ決まったわけじゃないよ」

「さいですね。先走って、いいことなんかないですからね」

土を丁寧に払って、一足の雪駄を珠吉が懐にしまい込んだ。

水がまったく流れていない手水舎のそばで、富士太郎は足を止めた。腰を曲げて、地面をじっと見る。

石段の下まで続く血痕は、ここからはじまっていた。地面が、差し渡し一尺ほどの円状に赤黒く染まっている。

「仏はここに立っていて、後ろから刀で刺されたんだね。刺されて倒れた場所が血だまりになっているよ」

「この血の量からして、刺されて倒れたあと、仏はここでしばらく動かずにいたようですね」

「うん、そのようだね。自分を刺した者が立ち去るのを、死んだふりをしてじっと待っていたのかもしれない」

「ああ、そういうことですかい」

珠吉が納得したような声を上げた。

かがみ込み、富士太郎は地面をじっくりと見た。雲が太陽をさえぎったか、急に境内が暗くなった。

「珠吉、足跡があるよ」

富士太郎が指さすと、ええ、と珠吉がうなずいて足跡を凝視する。

「全部で三人分じゃありませんかね」

「おいらもそう思うよ。別に争ったような跡はないね」

「そうですね。昨夜遅く、この狭い境内に仏と二人の何者かがいたんですね」

「足跡からすると、三人とも雪駄を履いていたようだね。雪駄は武家だけでなく、町人も履くからね。これだけでは下手人の身分を決めつけることはできないね」

「仏がここに立っていたのは、旦那のいう通り、まちがいありやせんでしょう」

血だまりを踏まないように珠吉が本殿に背中を向けて立った。

「うん、そうだね。そこに立ち、強請っている相手と対峙したんだろう。――ここかな」

富士太郎は一間ほどを隔てて珠吉と向き合った。

「そして、金をもらってほくほくしていた仏は、いきなり後ろから刺されたってことじゃないかね」

富士太郎は本殿のほうを見た。

「その陰に刺客がひそんでいたんだろうね」

本殿の陰から血だまりのあるところまで、距離は三間ばかりか。足音を殺し、息をひそめて近づけば、金を手にして心弾ませている仏は気づかなかったのではないだろうか。

「それにしても旦那、下手人は刀を持っていたのに、なんで斬るんじゃなくて、刺したんですかね」

「殺した者は、腕に自信がなかったということじゃないかな。おいらもあまり剣術には自信があるほうじゃないけど、人を斬るというのは、刃筋《はすじ》がぶれないようにしなきゃいけないし、相当の技術がいるからね。突くほうがたやすいよ。——あれ、でもそれだと妙だね」

「腕に自信のない者に、殺害を任せるのか、ってこってすね」

「ほかに頼める者がいなかったのかもしれないけどさ。強請られていた者は、本殿の陰にひそんでいた者より、腕に自信がなかったということかね」

「そういうことかもしれませんが、強請られていた者のほうは、仏を端から殺す気がなかったのかもしれませんぜ」

それはどういう意味だろう、と富士太郎は考えた。

「強請られていた者も、本殿の陰にひそむ者がいることを知らなかったというのかい」

「ええ、そういうこってす」

雲が動いたか、また陽射しが境内に戻ってきた。あたりが少しまばゆく感じられ、富士太郎は目をしばたたかせた。

「強請られている者と本殿の陰にひそんでいた者。その二人はいったいどんな関係なのかな。本殿の陰にいた者も、同じように仏に強請られていたのかな」

「仏に強請られていた者が、ほかにもいたということですかい」

「珠吉、何度もいうけど、仏が本当に誰かを強請っていたかはわからないんだよ。なにか犯罪の片棒を担いで、その謝礼を口実に呼び出されたものの、口封じにやられちまったってことも、考えられないではないんだからね」

「犯罪の片棒ですか。強請よりも、そちらのほうがしっくりくるような気もしやすね」

珠吉のつぶやきを耳にしながら、富士太郎は後ろを振り返った。先ほどくぐってきた門が見えている。

「珠吉、この神社の入口はあそこだけかな」

「だと思いやすがね」

足取りも軽く、珠吉が本殿の裏手に走っていった。すぐに富士太郎のそばに戻ってくる。

「本殿の裏は崖で、裏口らしいものはどこにもありやせん」

息を切らすことなく珠吉が告げた。

「やはりそうか。仏を手にかけた下手人は、強請った者と強請られている者がここに来ることを知っていて、先に本殿の陰に身を隠していたんだね。その場所にひそむのは、そうするしかないようだね」

「なるほど」

富士太郎が粛々と考えを進めていくのを、珠吉はどこかまぶしげに見ている。

「強請られていた者が仏にとどめを刺さなかったのも、はなから殺す気がなかったからかもしれないね」

富士太郎は珠吉をまっすぐに見ていった。ええ、と珠吉が顎を引く。

「最初から殺す気でいたのなら、本当に死んだかどうか確かめなきゃ、おかしいですものね。もし息があったのなら、とどめを刺したでしょうね」

「しかし下手人はそれを怠った。ゆえに、仏は下の道まで下りてこられた」

「ええ、そういうことでやしょう」

珠吉が深いうなずきを見せる。

「本殿の陰にひそんでいた下手人にとって」

顎をさすって富士太郎はいった。

「強請られていた者は大事な人だったのかもしれないね。その人が強請られているのを我慢できず、仏を殺すに至ったのかな」

「ええ、そういうことかもしれやせんね」

「どんな理由があろうと、珠吉、おいらたちが一番にすべきことは下手人を見つけ出すことだよ」

「ええ、まったく旦那のいう通りでやすよ」

「佐賀大左衛門さんを襲って目をやった下手人は、直之進さんと倉田佐之助に任せるしかないようだね」

「あっしらはこっちに専念するってことでやすね。縄張内で人殺しが起きたら、そいつはしようがありやせん」

「佐賀さんを襲った下手人を捕らえるって啖呵《たんか》を切ったのにね。直之進さんたちに謝っておかなきゃいけないよ」

「さいですね」

風と雲の加減か、明るくなったり暗くなったりを繰り返す境内を、なにか証拠が落ちていないかと富士太郎と珠吉は目を皿のようにして見て回った。

しかし証拠らしい物はなにも見当たらなかった。あきらめて境内をあとにした富士太郎と珠吉は門をくぐり、石段を下りた。

鳥居のそばには見慣れた医師がかがみ込むようにして死骸を調べていた。助手らしい若者も一緒である。

「福斎先生、お疲れさまです」

富士太郎は声をかけた。おっ、という顔で福斎が立ち上がり、柔和な笑みを見せる。

「富士太郎さん、遅くなってすみませんな」

「いえ、お忙しい中、来ていただけるだけで、それがしはとてもありがたく思っています」

腕のいい医者として知られる福斎の診療所は、いつも大勢の患者が詰めかけている。そんな中、時間を取って福斎は検死に来てくれるのだ。ありがたいことこの上ない。

「富士太郎さんにそういってもらえると、気持ちが軽くなりますよ」

「それで先生、いかがですか」

ああ、といって福斎が死骸を見やる。

「おわかりだと思うが、刺し傷は背中の一つだけですな。凶器はおそらく刀でしょう。刀は背中から入り、胸にまで突き抜けております。この仏さんが害されたのは、昨夜遅く四つから八つまでのあいだではないでしょうか」

すぐに福斎が付け足す。

「どうやら、剣術の腕のあまりよろしくない者が刺したようですね。背中から入った刃が、かなり上のほうにずれておりますから。仏は相当、痛かったのではないかと思いますな」

それは辛かっただろうね、と富士太郎は思った。なぜか自分が刺されたような心持ちになっている。

「先生、仏はなにか身元を示すような物を持っていましたか」

「いえ、その手の物はなにも出ませんでしたね。ただ、これを懐に持っていました」

福斎が差し出してきたのは巾着《きんちゃく》である。これは、と見つめて富士太郎は思った。あまり上等な巾着ではないね。

巾着は茶色い布でできており、紐はかなりすり切れている。ずいぶん長いこと使っていた様子だ。

「中になにか入っていましたか」

「手前は見ておりません」

「さようですか。では、失礼して」

巾着を広げて、富士太郎は中をのぞき込んだ。びた銭が入っているだけで、ほかにはなにもない。びた銭は数えてみると、二十六文あった。あまり持っていないね、と富士太郎は思った。

巾着を懐にしまい入れて、富士太郎は福斎に問うた。

「ほかになにかお気づきになった点はありましたか」

「いえ、ありません」

どこか申し訳なさそうに福斎がかぶりを振った。

「わかりました。福斎先生、わざわざお運びいただき、まことにありがとうございました」

富士太郎は丁重に腰を折った。珠吉もそれにならう。

「いえ、なんでもありませんよ。この仏さんの検死についての留書《とめがき》は、できるだけ早くお出しいたします」

富士太郎をじっと見て福斎が真摯にいう。

「よろしくお願いします」

富士太郎と珠吉が同時に頭を下げると、ではこれで、と会釈して福斎は助手を伴い、帰っていった。

すぐに富士太郎と珠吉は、明け六つ前に死骸を見つけた百姓から話をきいた。四十過ぎの籠を担いだ百姓は得意先の八百屋に蔬菜を届けるためにこの道を通りかかって死骸を見つけたに過ぎず、手がかりにつながるようなものはなにも持っていなかった。

富士太郎たちの聴取が終わるまで、足止めされていた百姓はようやく解き放たれて、ほっとしたようだ。

百姓を見送った富士太郎は、元飯田町の町役人《ちようやくにん》を手招いた。

町役人たちによると、仏が殺されたところを見た者や、昨日の深夜に怪しい者を目にしたような者は町内には一人もいないとのことだ。

仏の身元もわかっていない。元飯田町の住人でないのはまちがいないという。

「身元がわかったら、すぐに引き取らせるから、この仏はしばらく自身番に置かせておいてくれないかい」

丁寧な口調で富士太郎は町役人たちに頼んだ。わかりました、と町役人たちが声をそろえた。

歳のいった町役人が若い者に戸板を持ってこさせようとした。富士太郎はそれを制した。

「運ぶのは、申し訳ないけど、ちょっと待ってくれないかい。今から人相書を描くからね。仏を仰向《あおむ》けにしてくれるかい」

富士太郎は町役人に依頼した。承知いたしました、と町役人が若い者に命じて、仏の顔が空を向くようにした。

珠吉が用意した紙と筆を受け取った富士太郎はしゃがみ込み、死骸の顔をじっと見て、慎重に書き写しはじめた。

四半刻ばかりかけて五枚の人相書を描き終え、富士太郎は立ち上がった。一枚を懐にしまい、あとの四枚は町役人に渡した。

「若い者に、この人相書を持って近隣を当たるようにいってくれないか。この仏は、ここからそんなに遠いところに住んでいたわけじゃないと思うんだ」

年かさの町役人に富士太郎は頼んだ。

「お安い御用です。さっそくやらせますよ」

深くうなずいて町役人が快諾する。

「ありがとうね。――よし珠吉、まずは身元調べだよ」

そばに立つ珠吉にいって、富士太郎は歩き出そうとした。あたりにはまだ大勢の野次馬がいて、こちらに興味津々といった眼差しをぶつけてくる。

「ちょっとどいてくんな」

低い声でいって、珠吉が人垣をずんずんと分けていく。その後ろを富士太郎はついていった。

「あのう」

人垣を抜けたところで、一人の坊主頭の男が富士太郎に寄ってきた。斜めから入り込む陽射しを浴びて、頭がてらてらと光っている。

「なんだい」

足を止めた富士太郎は優しい口調でいって、男を見返した。男は、五十をいくつか過ぎているのではないだろうか。穏やかな目をしており、害意はないように感じられた。

坊主頭の男を見据えて珠吉が富士太郎の横に立った。

「そちらの仏さんなんですけど」

坊主頭の男がおずおずと富士太郎にいう。両目は、戸板にのせられようとしている死骸に向けられている。

「あっしの知っている人かもしれません」

「なんだって」

驚いて、富士太郎は坊主頭の男を見つめた。珠吉も瞠目《どうもく》している。

「仏はいったい誰なんだい」

勢い込んで富士太郎はきいた。

「は、はい」

押されたように、坊主頭の男が少し後ずさった。

「波多野さまじゃないかと思うのです」

「仏は波多野さんというのかい。波多野なんというんだい」

「波多野展兵衛さまです」

「波多野展兵衛さんというのは何者だい。いや、その前におまえさんは誰だい。名は」

「町内で西目屋という煮売り酒屋をしている者で、登良助《とらすけ》と申します」

「登良助かい。仏を近くで見て、本当にその波多野さんかどうか、確かめてくれるかい」

「運ばれようとしている戸板を止めた。

富士太郎は登良助をいざない、運ばれようとしている戸板を止めた。


「よく見ておくれよ」

はい、とうなずいて登良助が死骸に真剣な目を当てる。

「まちがいありません。波多野さまでございます」

今にも泣き出しそうな顔で登良助が断定した。

「そうかい。まちがいないかい。登良助、波多野さんは店の常連だったのかい」

「ええ、さようで。よくいらしてくれました」

「波多野さんはれっきとした侍のように見えるけど、煮売り酒屋によく来ていたのかい」

「さようで。堅苦しいところは好きではない、とおっしゃっていました。気楽に安く飲める店がいいんだと」

おいらも飲むなら赤提灯みたいな店のほうがいいから、と富士太郎は思った。気持ちはわからないでもないね。

「波多野さんは、どこの家中だい」

「はい。若年寄をつとめておられる遠藤信濃守さまのご家中でございます」

「若年寄の遠藤信濃守さま……」

一度も会ったことはないが、幕府の要人だけに名は富士太郎も聞いている。ただし、人柄などについてはまったく知らない。

「波多野さまは、遠藤さまのご家中で御簞笥番をつとめていらっしゃいました」

御簞笥番といえば、と富士太郎は思案した。武具などを扱う役目だね。

眉根を寄せ、登良助が声をひそめた。

「波多野さまは定府《じょうふ》のお侍で、上屋敷の長屋に一人で住んでいらっしゃいました。お屋敷から外に抜けられる道があるそうで、それをお使いになってうちの店にいらっしゃっていました。抜け道といっても、塀が崩れてしまっており、ただ直していないだけらしいんですけど」

今の大名家なら十分に考えられる話だ。どこも台所事情は逼迫《ひっぱく》し、金がない。崩れたままの塀や腐りかけている板壁、瓦《かわら》が落ちて草が生えている屋根など、武家屋敷が建ち並ぶ町を歩けば、いくらでも目に入る。

「遠藤家の上屋敷は、確か大名小路にあるんだったね」

「おっしゃる通りで。ここからですと、およそ十町というところでしょうか」

「登良助、ちょっと待ってくれるかい」

富士太郎は、そばにいる町役人を手招いた。

「聞いたかい、仏は若年寄の遠藤さまのご家中だそうだよ。遠藤さまのお屋敷に、使いを走らせてくれるかい」

「承知いたしました。今からさっそく使いを向かわせます」

年かさの町役人が請け合った。

「頼むよ」

町役人の肩を軽く叩いてから、富士太郎は登良助に向き直った。

「待たせたね。波多野さんは十町もの距離をものともせずに、西目屋に通っていたんだね」

「あまりに上屋敷に近いところで飲むと、夜遅くまで接待などで外に出ていることが家中の者にばったり会うかもしれないからと、そこそこ遠いところまで、足を延ばされていたようですよ」

「ふーん、そうなのかい。波多野さんは一人で上屋敷の長屋に住んでいたということだけど、家人はいなかったのかい」

「いらっしゃらないようですね。ご内儀とは早くに死別されたそうです。子もおらず、二親もかなり前に亡くなったそうでございます」

「れっきとした家中の士ではあるけれど、天涯孤独の身ってことか」

「そういうことになりましょうね」

侍というのは、まわりからうるさいくらいに、早く身を固め、子をもうけるよういわれるものだが、死別した妻がいまだに忘れられずにいたのか、波多野展兵衛にその気はなかったということか。

「天涯孤独といっても、さすがに縁戚くらいはいらっしゃると思いますが」

そうだろうね、と富士太郎はいった。

「波多野さんだけど、金に対してどうだったかな」

汚い人だったのかい、とはさすがにききにくい。

「いいにくいですが、うるさいくらいのお方でした。……なにしろ遠藤さまは一万二千石の御家ですから、御簞笥番といっても、大した御禄はもらっていらっしゃらなかったようです。波多野さまは、いつもぴーぴーいってらっしゃいましたね」

「波多野さんには友垣《ともがき》はいたのかい」

「きっといらしたんでしょうけど、店にはいつも一人でいらしていました」

「女は」

「同じ町内に、磯雅井《いそがい》という飲み屋があるんですが、そこの店のおいくという女を目当てに、よく通っていらっしゃいましたよ。飲み屋といっても、そこはそれ、二階がありましてね。うちでお酒を飲んで、磯雅井で女と楽しむ、みたいな感じでしたね」

「そうなのかい。磯雅井という店で遊ぶのには、金がかかるのかい」

「そこそこかかるでしょう。おいくという女は売れっ子でしたから、なおさらでしょう」

「そのおいくという女と遊べるくらいだから、波多野さんは、金回りはよかったのかな」

「いいようには見えませんでしたけど、遊ぶ金には不自由していないようでしたね」

「誰かを強請っていたなんてことはないかい」

登良助をじっと見て、富士太郎はずばりきいた。

「ええっ」

顔をのけぞらせるようにして登良助が目をみはる。

「いえ、きいたこと、ありません。波多野さまはとても気のよいお人でしたから、強請とかいうのは、あまりそぐわないような気がしますね」

つと口をつぐんだ登良助が、なにかを思い出したように首をひねった。

「そういえば、あの人はどなただったんでしょうか」

「あの人というと」

飛びつくように富士太郎はきいた。

「お侍なんですが」

「波多野さんと関係ある侍かい。登良助、詳しく話してくれるかい」

首を縦に動かして登良助が唇をなめた。

「あれは……、四日前の夜のことです。波多野さんはうちの店に、いつもよりも早い刻限にいらしていたんですよ。普段は五つ過ぎに見えることが多いんですが、その日は暮れ六つからいらしていました。非番だったそうです」

「そんなに早く来たのには、なにか理由があったからだね」

「ええ、人と待ち合わせをしているとおっしゃっていました。どなたと待ち合わせているのか、あっしはききませんでしたが、五つ前でしたか、魚を煮つけている最中に、店の前に人が立ったのをあっしは感じました。波多野さまと待ち合わせのお方ではないか、とぴんときて、あっしは店の窓から外をのぞきました」

「それで」

「案の定というか、そこに人が立っていらっしゃいました。お侍でした。あっしが頭を下げると、会釈を返されて近くの太物屋のほうに移っていかれました。あっしは、待ち合わせのお方が見えたようですよ、と波多野さまに声をかけました。おう、と破顔して波多野さまは勘定をすまされ、出ていかれました」

「そのあとは」

「なにも見ていません」

そうかい、と富士太郎はいった。

「どんな侍だった」

「折り目正しい感じがしましたね。お侍としての素養がちゃんと身についているというのか。ただし、あっしに顔を見られたことを悔いているように感じました」

「侍の顔を覚えているかい」

「いえ、あまり。薄暗い中、ちらっと見ただけですから」

「侍の歳の頃はわかるかい」

目を登良助から離すことなく、富士太郎は問うた。そばで、珠吉も厳しい眼差しを投げている。

「四十代半ばではないでしょうか」

　ごくりと唾を飲み込んで登良助が答えた。

「身なりは」

「まずまずご立派に見えましたが、暗い中、ちょっと見ただけだったものですから、はっきりとはわかりません」

「その侍は一人だったのかい」

「さようで。ああ、そういえば、なにか背負っていらっしゃいましたね」

「背負っていたというと」

「刀袋のように見えましたね」

「その侍は、刀袋を背負っていたのかい。両刀は腰に差していたんだね」

「はい、そうだったと思います。――ああ、そうだ」

　大きな声を上げて、登良助が顎を上下させた。

「刀袋といえば、波多野さまもお持ちになっていたんですよ」

「えっ、そうなのかい」

「はい、まちがいありません」

「波多野さんも両刀を帯びており、それとは別に刀袋を持っていたんだね」

「さようです」

「波多野さんに、なぜ刀袋を持っていたのか、きいたかい」

「ききました。しかし、波多野さまは言葉を濁されまして……」

「教えてくれなかったのか。その刀袋を波多野さんは、大事そうにしていたのかい」

「いえ、それがそうでもないんですよ。けっこう無造作に持っていらっしゃいました」

謎の侍も波多野展兵衛も刀袋を持っていた。これはなにを意味するのか。二人とも刀を愛好する同好の士ということか。

「波多野さんは御簞笥役といったね。刀剣の類を趣味としていたんじゃないかい」

いえ、と登良助がかぶりを振った。

「あっしは波多野さまから、そういうことを聞いた覚えはありません。ああ、お殿さまの遠藤さまが刀を集めておられることは、波多野さまからうかがったことがあります」

「へえ、そうなのかい。遠藤信濃守さまは刀集めが趣味なのか」

「ええ、相当お好きのようですよ。刀剣に関してはかなりの目利きであると、波多野さまはおっしゃっていました」

だとしたら、と富士太郎は考えた。その謎の侍が担いでいた刀袋の中身は、遠藤信濃守に献上するためのものだったのかもしれない。

いやそうではないね、と富士太郎はすぐに思い直した。献上や進呈するのなら、遠藤信濃守にじかに渡さないと意味はないのだ。

幕府の要人に贈り物をするのなら、やはり下心があってのことだろう。猟官などが目的だとしても、最も効き目があるのは、直接、刀を見てもらうことにちがいない。

まさか、と富士太郎は思った。波多野展兵衛という男は、遠藤信濃守の愛蔵品から名刀を盗み出し、それを売っていたのではあるまいか。謎の侍はそれを格安で買い取っていたのではあるまいか。

ただし、盗み出すだけでは露見してしまうので、それに代わる刀を謎の侍は持ってきていた。

波多野展兵衛はそれを遠藤屋敷に持って帰り、なに食わぬ顔で愛蔵品に戻していた。こういう図式ではないのか。

——どうやら、強請の類ではないようだね。

「波多野さんは、店によく刀袋を持ってきていたのかい」

顔を上げ、富士太郎は改めてたずねた。

「いえ、あっしは刀袋など目にしたことはありません。あの日が初めてでした」

登良助がきっぱりと答えた。

「店の外に立っていた侍を見たのも、初めてだったのかい」

富士太郎は問いを重ねた。

「さようで」

小腰をかがめて登良助がいった。

「ふむ、そうかい」

顎をなでて、富士太郎は思案した。波多野展兵衛と謎の侍は互いに旨みのある取引ができたことで、その晩以後は二度と会わない約束をした。しかしながら、あとで冷静になって考えてみると、波多野展兵衛の側に不満が残ったのかもしれない。それで昨夜遅く、謎の侍を呼び出し、座木山神社で会った。もっと金をよこせ、と要求したのかもしれない。

本殿の陰にひそんでいた、剣の腕のよくない下手人は、展兵衛に謎の侍が呼び出されたのを知って、本殿の陰に先回りしたのだろうか。本殿の陰に身を隠したときは波多野展兵衛を殺すつもりはなく、ただ話を盗み聞きする気でいただけかもしれない。それが、謎の侍にとって話が不利な展開になり、展兵衛を亡き者にしてくれん、という気持ちが募っていったのかもしれない。

つまり、と富士太郎は思案を進めた。下手人は謎の侍のためを思って、波多野展兵衛を殺したことにならないか。

となると、下手人は謎の侍の血縁だろうか。家臣かもしれない。

血縁や家臣ではなく、同僚、下役ということも考えられる。

親密なまじわりのある下役ならば、上役の予定を知っていたとしても、なんら不思議はない。

座木山神社に先回りされていることを上役が知らなかったならば、波多野展兵衛が背後から狙われていることに気づかなかったとしても、無理はないのではないか。謎の侍と波多野展兵衛の話は殺気を帯びることなく、進んでいったはずだからだ。

「ほかになにか、波多野さんと待ち合わせていた侍について、覚えていることはないかい」

富士太郎は登良助にきいた。登良助はしばらく考え込んでいた。やがて顔を上げた。

「いえ、覚えていることはありません」

すまなそうにいった。

「そうかい。登良助、おいくがどこに住んでいるか、知っているかい」

「知っています。すぐ近くですよ」

物のはずみで答えてしまったというような顔をして、登良助が顔を掻いた。登良助もおいくの馴染《なじ》みなのかもしれない。

「そうなのかい」

「この神社の裏手のほうですよ」

富士太郎は付近を見回した。

「おいくは来ていないかい」

「あっしも捜したんですけど、いないみたいですね。まだ長屋で寝ているんじゃないでしょうか。いつも夜が遅いんで、朝も遅いんですよ」

「そうなんだね。——おまえさんは煮売り酒屋をやっている割には、早起きだね」

「あっしは眠るのが少しですむんで。一刻半も眠れば十分ですからね」

自慢げに登良助がいった。

「えっ、そうなのかい。そいつはうらやましいねえ」

富士太郎は眠るのが大好きで、できれば四刻は眠っていたいたちなのだ。

登良助からおいくの住みかがどこかきいて、富士太郎と珠吉はその場をあとにした。

ほんの一町も行かなかった。富士太郎と珠吉は足を止め、目の前の長屋の木戸を見つめた。そこには板吉店《ばんきちだな》、と小さな看板が掲げられ、住まっている者の名や職業が記された木の板がいくつも打ちつけられていた。

木戸をくぐり、小便臭い路地を進む。右側に建つ長屋の三軒目で富士太郎と珠吉は立ち止まった。

登良助のいうように、おいくは眠っていたようだ。珠吉が入れた訪いに、目をこすりながら障子戸を開けたのだ。

「あら、八丁堀の旦那……。なにかあったんですか」

おいくは三十近いようだが、色が白く、体も小さいせいか、けっこう若く見える。濡れたようにしっとりしている目で見つめられると、ころりとまいってしまう男は少なくないにちがいない。波多野展兵衛もその一人だったのだろう。

「おまえさん、波多野展兵衛さんを知っているね」

「ええ、もちろんですよ。お店によく来てくださいますもの」

町奉行所の同心が展兵衛のことで来たことを悟り、おいくの顔色が、さっと変わった。

「波多野さま、どうかされたんですか」

眠気が飛んだ顔でおいくがきいた。

「死んだんだ」

できるだけ平静な口調を心がけて富士太郎は告げた。

「ええっ」

おいくは口と目を大きく開いた。

「殺されたんだ」

「だ、誰に」

「それをいま調べている」

「あ、あの、お入りになりますか」

「そのほうがいいようだね」

長屋の路地に、物珍しそうに富士太郎たちを見ている女房や子供がいた。その目を避けるように中に入り、富士太郎たちは土間に立った。

「お座りください」

手招くようにしておいくがいったが、富士太郎は首を横に振った。

「いや、ここでいいよ」

部屋はかなり片づいている。乱雑さは一切なく、すっきりとしていた。

「そうですか」

薄縁《うすべり》の上に端座したおいくも、無理に座るようにはいわなかった。悲しみに暮れた目をしている。それが富士太郎には哀れだった。

「なぜ波多野さまは殺されたのですか」

富士太郎と珠吉を交互に見上げて、おいくがきく。

「まだわからないんだよ。そこの座木山神社で波多野さんは殺されていた。ゆうべの夜中だね。おまえさん、下手人に心当たりはないかい」

「いえ、ありません。波多野さま、とてもいい人でしたから、まさか殺されるだなんて。――座木山神社はあたしが波多野さまに教えたんです。人けがなくて、夏なんて涼むのに恰好の場所なので」

　そういうことだったんだね、と富士太郎は納得した。

「この雪駄だけど」

　富士太郎は珠吉に目配せした。珠吉が懐から座木山神社で拾った雪駄を取り出す。

「これはもしやおまえさんが波多野さんに贈ったものじゃないかい」

　なんとなくだが、この雪駄は女からの贈り物ではないか、という気が富士太郎はしていたのだ。

「はい、そうです」

　儚《はかな》げな瞳をしたおいくが、雪駄に手を伸ばしてきた。渡してやりな、と富士太郎は珠吉にうなずいた。

　そっと受け取ったおいくが、いとおしそうに雪駄をかき抱いた。

「波多野さま、ずいぶんくたびれた雪駄を履いてらしたんですよ。あたしにすごくよくしてくださるんで、そのお返しにこれを差し上げたんです」

「おまえさんと波多野さんは、馴染みだったんだね」

「さようです。波多野さまは足繁く通ってくれました」

うっとりとした顔でおいくがいった。この女が殺したということはないかな、と富士太郎は考えてみた。今のところはわからない。男女の仲がこじれて刃傷沙汰になったのは、これまで数え切れないほど見てきた。

だが、今のところ、展兵衛とおいくの仲がこじれたような感は一切ない。

「足繁く通うためのお金は、波多野さんはどうしていたんだい」

富士太郎は新たな問いを放った。

「御禄をいただいている上に独り身ですから、あたしは大して気にしなかったのですけど、いわれてみれば、波多野さまの主家は一万二千石でしかありませんね」

うつむいた。

「波多野さま、私に会うために無理をなさっていたのかしら。……そういえば――」

おいくが、なにか思いついたような顔つきになった。

「波多野さま、大金が入るかもしれぬ、とおっしゃっていました」

「大金を。どういう手立てでだい」

「いえ、それについてはおっしゃっていませんでした。楽しみにしておれ、とだけ……」

「波多野さんは、大金のことはいついっていたんだい」

「ええと、あれは四日前の晩です」

波多野展兵衛が、謎の侍と西目屋で待ち合わせた夜のことではないだろうか。

「四日前の晩の何刻頃に波多野さんがそういったか、覚えているかい」

おいくが考え込んだ。軽く膝を打った。

「そうそう、あれは、四つ半過ぎだと思います」

目に力をたたえて、おいくが答えた。

となると、と富士太郎は思案に沈んだ。西目屋で待ち合わせた展兵衛と謎の侍が会ったあとということになるね。

謎の侍と刀を交換して別れたあと、展兵衛はおいくの店に寄ったのだろう。

「波多野さんは、そのとき、刀袋を持っていたかい」

「はい、お持ちでした」

やはりそうか、と富士太郎は心中で大きくうなずいた。狭い土間で、富士太郎の後ろに立っている珠吉がじりと身じろぎした。

そのときには、と富士太郎は考えを進めた。展兵衛はすでに大金を得られると確信しており、気分が高揚したまま、そのことをおいくに話したに相違あるまい。

ああ、そうか。富士太郎は気づいた。昨夜、謎の侍と展兵衛が会ったのは、金の受け渡しのためではなかったのか。つまり、展兵衛が主家からくすねた名刀はもう売れたということなのではないか。分け前をもらいにいそいそと座木山神社に行ったはいいが、展兵衛はあえなく殺されてしまったということか。

そうなると、謎の侍ははなから展兵衛を殺す気でいたのかもしれない。分け前として大金を与えて油断させれば、腕がよくない者でも背後からそっと近づいて刺し殺すのは、さして難しくないのではないか。

「波多野さんは、ほかになにかいっていなかったかい」

「いえ、これといってなにも」

うなだれるようにおいくがかぶりを振る。

「あの」

おいくがすがるように富士太郎を見る。

「なんだい」

「波多野さまのご遺骸は、今どちらにあるのですか」

元飯田町の自身番にあることを富士太郎は伝えた。

「一応、主家の遠藤家に知らせるようにいったけれど、まだ引き取りに来てはいないと思うよ」

「さようですか。わかりました。では、あたし、今から自身番に行ってまいります。せめて波多野さまにお別れを告げないと……」

「うん、それがいいよ。おまえさんが行けば、波多野さんも喜ぶんじゃないかな」

「では、今から行ってまいります」

女だから、外出するのに着替えたりするのだろう。

邪魔しては悪い。富士太郎と珠吉は礼をいっておいくの店をあとにした。

再び小便臭い路地を歩き、木戸を抜けて通りに出た。

「じかに手を下していないとしても、謎の侍が下手人であると見て、珠吉、いいんじゃないかな」

歩を運びつつ富士太郎はいった。

「あっしもそう思いやす」

後ろに控えている珠吉が張り切った声で答える。

「珠吉もそう思うかい。力強いね」

「仮に背後から殺る者がいなくとも、謎の侍はもともと波多野さまを殺す気でいたんじゃないかって思うんですよ」

「その通りだね。波多野さんが金を受け取って油断したところを、きっとばっさり斬るつもりでいたんだよ」

「本殿の陰にひそんでいた者は、謎の侍に波多野さまを斬らせまいとして、自ら飛び出していった。こういうことですかね」

「多分ね」

「だったら、なんら情けをかける必要などありゃしやせんね」

「そりゃそうだよ。相手が誰だろうと、おいらは必ずとっ捕まえてやるよ。波多野さんはなにか悪事の片棒を担いだのかもしれないけれど、どんな理由があったにしろ、人の命を奪っていいことはないからね」

「そうですよ。必ず引っ捕らえてやりやしょう。――ところで旦那」

すぐに珠吉が問いかけてきた。

「今どこに向かっているんですかい」

「知れたこと。根岸だよ」

「じゃあ、佐賀さまのお屋敷ですね」

「そうだよ。波多野展兵衛さんの事件にかかりきりになることを、佐賀さんや直之進さんに伝えておかなきゃね」

「それはそうですけど、今から行くんですかい。旦那はよほど湯瀬さまに会いたいんですねえ」

「そりゃ会いたいさ。でも、それは以前みたいに恋い焦がれてってことじゃないよ。おいらは、人としての直之進さんが好きで好きでたまらないんだよ」

「それはあっしも同じですよ」

「ああ、直之進さんに早く会いたいねえ」

そんな富士太郎を見て珠吉がくすりと笑う。

「その旦那のとろけそうな顔を見たら、智代《ともよ》さん、焼き餅を焼いて、夫婦《めおと》になるのをやめるっていうんじゃないですかねえ」

「そんなことはないよ。智ちゃんはよくできた娘だよ。焼き餅なんて、焼くわけないよ」

「よくできた娘であることはあっしも認めますけど、おなごはわかりませんよ」

「そうかい」

「まあ、確かに智代さんなら、今の旦那を見ても、ほほえましいって笑ってくれるかもしれませんねえ」

「うん、そういうことだよ。智ちゃんはいつでも笑みを絶やすことのない、すばらしい娘さんだからねえ」

「ええ、本当にすばらしい娘っ子ですよ。旦那は運がいいですよ」

富士太郎は、智代の面影を脳裏に思い浮かべた。ぎゅっと抱き締めたい。

「智ちゃんのことを考えたら、会いたくなってきちまったよ」

「だったら、今から八丁堀に戻りますかい」

後ろから珠吉がいってきた。

「珠吉、心にもないことをいうんじゃないよ」

富士太郎はきっぱりと首を横に振った。

「おいらには、仕事があるからね。目指すは根岸だよ。おなごのことは二の次さ」

きりっとした顔つきになり、富士太郎は道を歩き進んだ。

その後ろを、どこかうれしそうな風情で珠吉が足早についていく。

舌を巻くしかない。

三

佐之助は、佐賀大左衛門の覚え書きに記されていた名をもとに、これまでさまざまな者に会った。

大左衛門の交友関係の広さと博識ぶりには、瞠目せざるを得ない。

通人と呼ぶしかない者が本当にこの世にはいるのだ、ということに、心から驚いている。大左衛門は紛れもなく、趣味を生業としていた。感嘆するしかない。

ここ半月ばかりのあいだだけでも大左衛門は幕府の要人、大名家の留守居役、旗本の用人、大名家の御典医、大寺の住持、大店の主人に会っているのだ。

茶の湯の指導、盆栽の育て方、刀剣や焼物や掛軸の鑑定、薬草や薬木の育て方、作庭の仕方など、相談事は多岐《たき》にわたっている。むろん、ただで相談に乗っているわけではない。礼金をもらっており、それで大左衛門はゆったりとした暮らしを送っているのだ。

これらのいずれかに大左衛門を襲った者、あるいは、襲わせた者がいるにちがいない。そうにらんで、佐之助は大左衛門と会ったそれらの者に話を聞くため、屋敷や家を訪問し、次々に面会していっている。

倉田佐之助と佐賀大左衛門という二つの名を出せば、会わない者は一人もなかった。

大左衛門の名を出して会えるのは当たり前のことだが、自分の名を口にしても、喜んで人が顔を見せるということは、ほとんど考えたことがなかった。

――まさかあのことがこれほどの効き目をあらわすとは。

以前、将軍の命を狙った連中がおり、千代田城が炎上させられたことがある。そのときに佐之助は直之進とともに将軍の命を救ったのだ。千代田城本丸御殿の崩れ落ちた屋根の下敷きになった将軍を、身を挺してものの見事に守り抜いたのである。

佐之助は正義感を振りかざして将軍を救ったわけではない。ただ単に、元幕臣として将軍が殺されるのを黙って見ているつもりはなかったのだが、この行いのおかげで、それまで殺し屋として重ねてきた罪を将軍直々《じきじき》に許され、大道を堂々と歩ける身になったのだ。

町奉行所から追われることもなくなった。罪を許される前から町奉行所の追跡の手など、心配したことは一度たりともなかったのだが、やはり身辺のことを気にせずにすむというのは、いかに楽なことなのか、自由の身になって初めて知った。

公儀からは五百石で召し抱えるとの申し出があったが、断った。千勢と晴れて所帯を持つことができただけで十分だ。

血のつながりはないが、一緒に暮らしている娘のお咲希が今とても幸せそうなのも、いつ捕まるかわからないという、佐之助に対する気がかりがなくなったせいだろう。

千勢やお咲希の明るい笑顔を目の当たりにするたびに、あのとき命を懸けて本当によかったと佐之助は思うのだ。

将軍の命を救ったことで、運命がまさしく劇的に変わったのである。

会いたいな、と歩きつつ佐之助は強く思った。千勢とお咲希の笑顔をこの目で見たい。

あの二人以上に大事な者はこの世におらぬ。

だが、すぐに佐之助は、うつつに引き戻された。目当ての屋敷に着いたからである。

足を止め、佐之助は眼前の屋敷を見つめた。なかなか立派な長屋門がついている。

七百八十石という割に敷地はかなり広そうだし、建物自体もさほどくたびれていないように見える。

今は午前の四つ過ぎという頃合だ。門は大きく開いている。

長屋門に人の気配は感じられなかったが、礼儀として佐之助は頭を下げて門を抜け、石畳を踏んで玄関に入った。

「ごめん」

奥に向けて佐之助は朗々《ろうろう》たる声を放った。

すぐに廊下を人がやってきた。

式台に両膝をそろえたのは、二十歳になったかならずやと思える侍である。

「どちらさまでございましょう」

神経質そうな感じの男だ。どこか据わったような目をしている。

「それがし、倉田佐之助と申す」

「倉田佐之助さま……」

どこかで耳にしたようなといいたげに、若侍が首をひねる。

「率爾《そつじ》ながら、おうかがいいたす。もしや以前、将軍家をお救いになった倉田どのではございませぬか」

「さよう、その倉田佐之助にござる」

これまで何度も繰り返されてきた問いである。ちがう、と否定したり、謙遜したりするのも妙な話で、微笑とともに佐之助は認めた。

真剣な顔で若侍が佐之助を見つめる。

「まさか、このような形で倉田さまにお目にかかることができるとは、それがし、思いもいたしませんでした。とてもうれしく存じます」

神経質そうな感じが消え、若者らしい晴れやかな表情で若侍がいった。

「その倉田さまが、当家にどのような御用でございましょう」

居住まいを正してきいてきた。

「ご用人の三船象二郎どのに、お目にかかりたい。佐賀大左衛門どののことで、少々話をうかがいたい」

「わかりもうした。佐賀大左衛門さまの件でございますね」

念を押すようにいった若侍が、佐之助に上がるようにいった。佐之助はその言葉に甘え、雪駄を脱いだ。玄関横に設けられた六畳間に招き入れられる。

「ここでしばらくお待ちくだされ」

一礼した若侍が襖を閉めて、廊下を立ち去った。

刀を鞘ごと腰から抜いて、佐之助は右側に置いた。畳が古く、すり切れていることに気づいた。閉められたばかりの襖が少し破れている。漆喰《しっくい》の壁は崩れかけていた。

客を招き入れる待合部屋がこれでは、と佐之助は思った。屋敷の者がふだん過ごしているところは、もっとひどいありさまなのではあるまいか。

外から見たときと異なり、零落《れいらく》、落魄《らくはく》していることを、佐之助に強く感じさせた。

――他の武家も似たようなものではあるが、ここも金がまったくないのだな。

どんなに苦しくとも、侍にしがみつく者は少なくない。

禄を食《は》む身分が、別段すばらしいものではあるまいに。

どんなことがあろうと、侍という身分を決して手放すまいとする者ばかりだ。

いったん離れてみれば、自分がどれだけ執念に取りつかれていたか、わかろうというものだが、まるで異なる立場からおのれを見つめることができない者には無理というものだろう。

その結果、忠誠、忠節という名のもとに、平然と犯罪を行うことになったりするのだ。主君のためだから、と平気で開き直ったりもする。これが正義なのだ、といけしゃあしゃあといい張ったりもする。

おのれの来《こ》し方《かた》を冷静に振り返ってみれば、人として恥ずかしい行いをしているにもかかわらず、侍というものに執着しているせいで、それがまったく見えてこない。

もっとも、佐之助自身あまり人のことはいえない。元御家人という身分にとらわれていたからこそ、命を賭《と》して将軍を救い出したのだ。それだけではない。殺し屋として金のために何人もの罪のない者をあの世に送り込んだ。今は心から恥じている。時を戻せればと思うが、決してかなうことではない。今は殺した者たちの分まで一所懸命に生きねばならぬ、と考えている。

初夏だというのに、どこかで百舌《もず》らしい鳥が鳴いている。

あれは百舌ではなく、別の鳥なのだろうか。だが、あんなに鋭く鳴く鳥を佐之助はほかに知らない。

何度か叫ぶような鳴き声が響いたあと、佐之助のいる部屋に一人の侍がやってきた。

「失礼いたす」

頭を下げて敷居を越え、佐之助の前に正座した。

四十代半ばと思える侍である。役者にしてもよいような端整な顔つきをしている。

それ以上に、ひどく青白い顔をしていることが佐之助の目を引いた。

この男、なにか病にかかっているのではないのだろうか。

切れ長の目の下はくぼんでおり、頰骨が盛り上がっている。眉間の深いしわが、どこか取っつきにくさを感じさせる。

「それがし、三船象二郎でございます」

両手をそろえて象二郎が挨拶する。顔を伏せ気味にすると、顔色の青さが際立つような気がした。その思いを押し隠して、佐之助は名乗り返した。

「あの倉田佐之助どのでござるか。お目にかかれて光栄にございます」

先ほどの若侍のようにきらきらと瞳を輝かせて象二郎がいった。佐之助は黙ってうなずいた。

「ご用件は、佐賀さまのこととうかがいましたが」

「さよう」

わずかに目に力を込め、佐之助は象二郎を見つめた。

「半月ばかり前に、三船どのは佐賀どのと会われて、刀の話をしておられる」

「確かに」

「なにゆえ佐賀どのと刀の話をされた」

象二郎が大左衛門と会った事情を佐之助はきいた。

「お答えするのはやぶさかではないが、倉田どのはなにゆえ、そのようなことをおききになるのでござるか」

逆に象二郎に問われた佐之助は軽く顎を引き、冷静な口調で伝えた。

「一昨日、佐賀どのが何者かに襲われ、目を斬られたのだ」

「なんと」

座から跳び上がらんばかりに象二郎が驚いた。いつでも取り乱すことなく、落ち着いているのではないかと思わせる男には、似つかわしくない仰天《ぎょうてん》ぶりである。

佐之助はなんとなく作為を覚えた。

「誰が佐賀さまを襲ったのか、わかっておらぬのでござるな」

確かめるように象二郎がたずねてきた。

「さよう。それがしが下手人を挙げるべく、探索に当たっている」

「倉田どのが……」

瞬きのない目で佐之助は象二郎を見据えた。

「三船どのに改めてうかがいたい。なにゆえ佐賀どのと刀の話をされたのかな」

「倉田どのは、佐賀さまからお聞きになっておられぬのか」

「三船どのにじかにお聞きしたい」

佐之助は少し強くいった。

「わかりもうした」

目を畳に落とし、象二郎がうなずいた。

「我があるじの岩清水図書之助はただ今、無役にござる。官職をどうしても求めたく、遠藤信濃守さまのお力をお借りすることを、それがしは愚考いたした」

言葉を止め、象二郎が佐之助を見た。

「うむ」

佐之助はうなずき、先をうながした。

「それがしは、遠藤信濃守さまが刀の収集家として名高いことを知り、ならばと名刀を進呈することを決意いたした」

「それで」

「それがしは、三振りの名刀を用意いたした。そのうちの一振りを進呈することに決めたはよいが、どの一振りを選べば遠藤信濃守さまに最も喜んでいただけるか、それがしには見当もつかなんだ」

「それで佐賀どのに」

「さよう」

象二郎の目に深い色がたたえられた。

「佐賀さまには、それがしが用意した三振りの名刀がまず本物かどうか、鑑定を依頼しもうした。三振りともに本物との御墨付をいただいた。その上で、佐賀さまにどれがよいか、一振りを選んでいただいた。倉田どの、こういうことにござるよ」

「すると佐賀どのが選んだ一振りは、いま遠藤信濃守さまのもとにあるということですな」

「さよう。確か半月ほど前に遠藤信濃守さまのお屋敷に参上し、その上でじかにお渡しした」

うむ、と佐之助は首を縦に動かした。

「三振りの名刀といわれたが、いずれも著名な刀ということだな。銘を教えてもらえるか」

「よろしゅうござる」

目を光らせて象二郎が顎を引いた。

「関の孫六、粟田口国綱、和泉守兼定。この三振りにござる」

「確かにいずれ劣らぬ名刀。その三振りとも本物と佐賀どのは鑑定したのか。それで、三船どのが遠藤信濃守に進呈したのは、いずれか」

「関の孫六にござる。佐賀さまがおっしゃるのには、遠藤信濃守さまは関の孫六を佩きたがっておられるとのことだったので」

さようか、と佐之助はいった。

「その三振りの名刀は、岩清水家の持ち物なのかな」

それについて象二郎は答えようとしない。

「教えてもらえぬのかな」

「いや、持ち物ではござらぬ」

「では、どこからか借りたのかな」

「さよう」

「どこからかな」

「それは勘弁願えぬか」

「なにゆえ」

「それがしがお借りしたお方から、口止めをされておるゆえ。そのお方は、それだけの名刀を所持していることを公にしたくないと考えておられる」

「関の孫六を遠藤信濃守さまに進呈したということは、三船どのは借りた者から買い上げたのだな」

「さよう」

どこか苦しげな顔で象二郎が首肯する。

「関の孫六はそれがしも目にしたことがあるが、見事な刀だった。さぞ高価であったろうな」

「もちろん高価でござった」

「失礼を承知でいう。岩清水家は七百八十石。正直、よく購えたものだ。出来のよい孫六は、二千両はするはず」

「当家の落魄ぶりは確かなれど、貯えはござる」

佐之助をじっと見て象二郎がいった。

「三船どの」

佐之助は静かに呼びかけた。

「もう一度きく。三振りの名刀を、誰から借り受けた」

「それは先ほども申し上げた。教えることはできもうさぬ」

「さようか。そこから購ったのも、まことのことなのだな」

「むろん」

うむ、といって佐之助は刀を手に立ち上がった。象二郎を見下ろす。この三船象二郎という男は十分すぎるほど怪しい。

これまで会った者はいずれも大左衛門を敬愛し、傷つけようなどと考えたことのある者は一人もいなかった。その思いは、話を聞いていて心に響いてきたのだ。誰もが目を斬られた大左衛門のことを案じた。すぐに見舞いに駆けつけようとする者ばかりだった。

しかし、目の前の三船象二郎はちがう。大左衛門が襲撃されたことに驚いたものの、悲しんだりはしていない。

大左衛門に対して尊敬の念を抱いているのかもしれないが、それも見せかけだけなのではないか。なにか途轍《とてつ》もなく大事なものを胸に抱え、それを守ろうとしているように思える。

それはなんなのか。

主家か。あるじかもしれない。

だが、だからといってそれが大左衛門を狙う理由にはつながらない。

探れば見つかるかもしれぬが……。

「お帰りか」

佐之助を見上げる恰好になった象二郎が厳しい眼差しを投げてくる。

この男、と佐之助は見返して思った。なかなか遣えそうな雰囲気をたたえている。その上、まさしく武家に執着を抱いているという感じが強くするのだ。主家や主君のためなら、佐賀大左衛門の目を斬り裂くくらい、たやすくしてのけるのではあるまいか。しかも狙って目をやれるだけの腕もある。

もっとも、佐之助は三船象二郎を下手人と決めつけたわけではない。

「最後に一つ」

指を立てて佐之助は象二郎にきいた。

「一昨日の朝、おぬしはどこにおられた」

「一昨日は、午前はずっとこの屋敷におりもうした。……まさか倉田どのは、それがしを疑っているのではござるまいな」

「これまで会ったすべての者に同じ問いをぶつけてきた。三船どのが気にする必要はござらぬ」

「さようか」

「では、これで」

頭を軽く下げ、佐之助は部屋を出た。後ろを象二郎がついてくる。

佐之助は玄関で刀を腰に帯び、雪駄を履いた。式台に正座する象二郎に辞儀する。

「無礼なことを申し上げた。ご容赦くだされ」

「下手人を一刻も早く挙げられるよう、願っておりもうす」

「かたじけない」

身をひるがえして佐之助は玄関を出た。

そこに若侍が立っていた。

「一昨日の朝、御用人はどこにおられた」

佐之助は若侍にきいた。

「この屋敷におられた」

間を置くことなく答えたが、嘘をついているのではないか、と佐之助が思ったのは、若侍の目がわずかに泳いだからだ。

「そうか」

それだけをいって佐之助は門を抜け、歩きはじめた。

三船象二郎か、と思った。まちがいなく下手人の疑いが濃い者の一人だ。

四

うなるしかない。

怪しまれたのではないか。

居室に戻った象二郎はあぐらをかき、腕組みをした。

倉田佐之助。不敵な男だった。

本丸御殿が潰れようとする中、命を賭して将軍家を救ったのも納得できる男としかいいようがない。

切れ者といってよいのではないか。

すべて読まれたような気がする。

怪しむどころか、と象二郎は思った。わしが下手人だと確信したのではあるまいか。

いや、そんなことはない。

居室で象二郎はかぶりを振り、その思いを打ち消した。

あれだけでしっぽをつかまれたはずがない。

だが打ち消すそばから不安が頭をもたげてくる。倉田佐之助の監視をしたい。どんな動きをするのか、気になってしようがない。

象二郎は顔を上げた。

邦三郎、と呼びそうになり、とどまった。

邦三郎に佐之助のあとをつけさせるつもりになったのだが、それはよからぬ結果を呼び込むことになるだろう。邦三郎では、気づかれぬよう佐之助を監視することなど、無理に決まっている。

監視をつけるような真似をすれば、わしが下手人であると名乗りを上げるようなものだ。

じりじりと背中をあぶられるような感じがある。

時だけが無為に過ぎていく。

冷静になれ。
今の象二郎にできることは、おのれにそういい聞かせることしかなかった。
案ずることはない。
ふう、と息をつき、象二郎は目を閉じた。
あたりの物音が遠ざかっていく。
いい調子だ。
精神を統一するのだ。
きっとなにもかもがうまくいく。心配することなどない。
象二郎はまぶたに力を込め、じっと目を閉じ続けた。

第四章

一

さりげなく背後の気配を探る。

つけてきている者はいない。それはまちがいない。

三船象二郎は、と佐之助は思った。尾行者を放たなかったということだ。

それだけでは、三船象二郎が大左衛門を襲った下手人ではないと言い切れない。

尾行者をつけなかったのは、それだけの腕を持つ者がいないからかもしれないのだ。尾行していることをもし看破されたら、大左衛門を襲った下手人であるとの疑いを、ただ深めるだけの結果になってしまう。

三船象二郎という男は、と佐之助はなおも考えた。ひどく怪しい。

しかし、それはおのれの勘でしかない。勘は確かに侮れないものではあるが、やはり証拠をつかまないことには、なにもはじまらない。三船象二郎が大左衛門を襲わなければならない理由も、今のところはわかっていないのだ。

——本腰を入れて佐賀大左衛門を襲った理由を探してみるか。いや、今はまだよかろう。

歩きつつ佐之助は首を振った。三船象二郎のことを調べるのは、覚え書きに記されたすべての者に会って話を聞いてからだ。

これからの調べ次第で、三船象二郎よりももっと怪しい者が出てくるかもしれないではないか。

いま佐之助が向かっているのは、つい先日、戦国の世の黒茶碗の鑑定を大左衛門に頼んだ呉服商のあるじの別邸である。

この黒茶碗のことも、大左衛門の覚え書きにしっかり記されていた。呉服屋のあるじに話を聞くつもりで、大勢の人が行きかう通りを佐之助は足早に歩いた。

道すがら、もし三船象二郎が佐賀大左衛門を襲ったのだとしたら、という思いを打ち消すことができない。象二郎が大左衛門の両目を斬ったと仮定した場合、どんなわけが考えられるだろう。

どう考えても、関の孫六、粟田口国綱、和泉守兼定という三振りの名刀の鑑定に関することしかあり得ない。

それにしても、と佐之助は思う。名刀を鑑定することで、うらみを抱くことがあるだろうか。

しかも、その三振りとも大左衛門は本物であると断言したというではないか。それではうらみなど持ちようがないような気がする。

その刀が偽物だったということか。いや、あの覚え書きを見る限り、あれほど多くの鑑定をしている大左衛門が真贋を見誤るはずがない。

では、なにゆえ下手人は目を狙って斬ったのか。大左衛門の鑑定眼を恐れたからにほかならないのではなかろうか。

今は大左衛門が狙われた理由は不明だが、三船象二郎のことを探ってみるべきなのではないか、との思いは、歩を進めるたびに佐之助の中で濃くなっていく。

三船象二郎のことを調べてみるか。

決断し、佐之助は目の前の辻をさっと左に折れた。

同時に背後を見やることを忘れない。

ついてきている者の影はどこにもない。尾行者はやはりいないのだ。

佐之助は、先に若年寄の遠藤信濃守盛定に面会することにした。盛定に会えば、三船象二郎について、なにか知ることができるにちがいない。

歩きながら佐之助は確信している。


大名屋敷が建ち並んでいる。

大名小路と呼ばれる所以である。

地方から江戸見物にやってきた者たちの名所になっているほどで、江戸で生まれ育った佐之助にも壮観の一言だ。

――ここだな。

佐之助は足を止めた。千代田城の大手門と向き合う形で長屋門が設けられている屋敷など、目の前の武家屋敷しかないのだ。

すでに七つ半を過ぎており、夕刻の気配がわずかではあるが、忍び寄ってきていた。この刻限なら、屋敷の当主である遠藤信濃守盛定は、千代田城から戻ってきているはずだ。

長屋門は大きく開かれ、二人の門衛が立っている。二人とも、不審な者は決して入れぬという決意を秘めているようで、いかめしい顔つきをしている。

右側に立つ、やや歳のいった門衛に歩み寄った佐之助は、遠藤信濃守に面会したい旨を告げた。

「殿とのお約束はござるのか」

厳しい表情を崩すことなく、門衛がきいてきた。

「約束はしておらぬ」

それを聞いて、門衛の表情がさらに厳しさを増した。約束もなくお忙しい殿にお目にかかろうなど言語道断。そんなことを思っているのが伝わってきた。

「お名をうかがってよろしいか」

佐之助を無遠慮ににらみつけて、門衛が不機嫌そうにきいてきた。

「それがしは佐賀大左衛門どのの名代《みょうだい》として参った者にて、倉田佐之助と申す」

「佐賀さまの名代でございますか」

門衛の口調がいきなり改まり、背筋がぴんと伸びた。大左衛門と遠藤家の当主である信濃守盛定が親密な関係を築いているのは、門衛もよく知っているようだ。

「あなたさまは、倉田佐之助さまとおっしゃいましたな」

丁重な口調で確かめてきた門衛は、この名には聞き覚えがあるぞ、というような顔つきになった。

「さよう」

「倉田さま、まことに申し訳ござらぬが、しばしこちらでお待ちくださいますか」

「承知」

ほっとしたように長屋門をくぐった門衛が玄関先に赴き、式台に立つ用人らしい者に話をしている。うなずいた用人が式台の先に見えている廊下を足早に奥に去っていった。

とんぼ返りしたかのように玄関に戻ってきた用人と再び話をした門衛が、急ぎ足で佐之助に近づいてきた。

「お待たせいたしました」

深く頭を下げて門衛がいった。

「殿がお目にかかるそうでございます。おいでくださいませ」

長屋門をくぐり、佐之助は玄関に足を踏み入れた。

「倉田さま、申し訳ござらぬが、こちらでお腰の物はお預けいただくことになっておりもうす」

用人らしい男が腰も低く申し出てきた。

「わかりもうした」

大小の刀を腰から外し、佐之助は用人に渡した。丸腰になった途端、急に自分が頼りなく感じられた。

大小の刀を受け取りつつ、用人は佐之助をさりげなく観察している。どうやら佐之助の正体に思いが至ったらしい。この男が将軍家を救ったのか、というような表情である。

頭上の壁にしつらえられた刀架に、用人は佐之助の大小をそっとかけた。

「では、おいでくだされ」

足音も立てずに歩く用人のあとをついて長い廊下を進むと、広々とした湖上を飛ぶ数羽の雁を描いた襖絵が、佐之助の目に飛び込んできた。

その襖の前で用人が立ち止まった。

「倉田佐之助さま、お見えになりました」

襖の向こうに用人が声をかける。

「お通しせよ」

中から、やや甲高い声が返ってきた。どこか気持ちが高ぶっているらしい感じを佐之助は受けた。

はっ、と答えて用人が襖を横に滑らせる。

佐之助の目に最初に入ってきたのは、青々とした畳である。岩清水家のすり切れた古畳とは、ずいぶん異なる。

若年寄という要職にある者は、と佐之助は思った。やはり実入りがよいのだろう。無役の者とは境遇がまったくちがうのだ。

「よう来られた」

十畳の座敷のほぼ中央に、遠藤信濃守盛定とおぼしき者が座していた。横に脇息が置いてあるが、使ってはおらず、両肩を張って佐之助を興味津々という目で見つめていた。

薄暗い部屋の壁や天井をやんわりと照らし出しているのは、座敷の両隅に配された二つの行灯である。

その行灯の明かりを受けて、盛定の月代《さかやき》がてらてらと光って見えた。

盛定の背後には、二人の小姓が控えている。二人とも二十歳前後と若いが、いかにも気の利きそうな顔をしていた。

「こちらに」

向かいに座るよう盛定が手でうながした。

「失礼いたす」

頭を下げて佐之助は盛定の前に正座した。

「倉田佐之助どのと申されたな」

盛定は目を輝かせ、頬を紅潮させて佐之助をまじまじと見ている。

「その名に覚えがござる。以前、公方さまのお命を救ったお方と同名だが、そなたがそうなのだな」

「さよう」

言葉短く佐之助は答えた。

「やはりそうであったか」

満足そうな息を盛定が吐き、顔をほころばせた。

「是非ともそなたに会ってみたかった。どのような男か、なんとしても顔を見たかった。その念願がかない、感無量よ」

「ありがたきお言葉」

ふむ、とうなるようにいって盛定が佐之助を凝視する。

「公方さまのお命を助けただけのことはあり、さすがに精悍そうな顔つきをしておられるな。おなごに騒がれそうな男よのう」

「いえ、それがしなど、どこにでもいるような男にござる」

素っ気なく佐之助は答えた。それを聞いて盛定が首をかしげる。

「倉田どの、あまりうれしそうではないな。公方さまを救い出したという話題には、もう飽き飽きしておるのか」

「そういうこともありませぬが……」

「早く本題に入りたいのではないのか」

「正直に申し上げれば」

ふふふ、と盛定がうれしそうに笑う。

「率直な物言いよな」

両肩からふっと力を抜いたように盛定が脇息にもたれた。

「そのような男だからこそ、公方さまを救うことができたのであろう。——それで倉田どの、なにをききたいと申すのだ。佐賀どのの名代で参ったとのことだが」

不思議そうに盛定が問うてきた。その声にしっかりと顔を上げた佐之助は低い声でたずねた。

「信濃守さまは、佐賀どのが襲われたことをご存じでござるか」

「なにっ」

盛定が脇息から体を起こし、佐之助をまじまじと見る。大きく見開かれた目は、わずかに充血している。

この盛定の驚き方は、佐之助には自然なものに感じられた。いかにも不自然だった三船象二郎とは明らかにちがう。

「いつ誰にやられたと申すのだ」

身を乗り出して、盛定が激しい口調できいてきた。

「一昨日の朝、両目を斬られもうした。下手人はまだ捕まっておりもうさぬ」

「命は無事なのか」

「命に別状はござらぬ。ただし、失明するかもしれぬ、とのことでござる」

「失明……。それはまた」

盛定は絶句し、そのあとの言葉が続かなかった。ごほん、と咳払いをする。

「それで、もしや倉田どのが下手人を捜していると申すか」

息をのみ込んで盛定が問う。

「公方さまのお命を救った男だ、そのくらい朝飯前であろうが……。それにしても、佐賀家から余に、襲われたという知らせはなかったぞ」

少し残念そうに盛定が口にした。

「おそらく、そこまでの余裕が佐賀どのにはなかったのでござろう」

大左衛門をかばうように佐之助は告げた。

「その通りであろうな。倉田どの、余にできることはあるか」

「とにかく、佐賀どのについてお話を聞かせていただきたい」

「分かった。なんでもきくがよい」

盛定は真剣な眼差しを佐之助に当てている。

「信濃守さまは最近、関の孫六を手に入れられましたな」

最初の問いを佐之助はぶつけた。

「うむ。さる旗本家から進呈されたのだ」

「それは岩清水家にござるな」

「そうだ。佐賀どのから聞いたのだな」

盛定の顔が曇った。やはりなにかあったのだな、とその表情を目の当たりにして佐之助は確信した。

「関の孫六になにかございましたか」

「いや、実は……」

眉根をきゅっと盛り上がらせて、盛定は深刻そうな顔をした。

「そなたには話してもよかろう。当家の御簞笥番が死んだ。殺されたのだ」

「なんと」

今度は佐之助が驚く番だった。

「いつのことでござろう」

「昨夜、元飯田町の神社で殺されたそうだ。その知らせは今日の午前、当家にもたらされた」

「では、その探索には寺社奉行が当たるということでござるか」

もしそうなら、下手人の捕縛は、ほとんど期待できないといってよい。

「いや、そうではない。御簞笥番が刺されたのは神社の境内らしいのだが、必死に這いずったのであろう、骸は神社の外に出ていたとのことだ。ゆえに、町方が探索に当たることになった」

元飯田町なら、と佐之助は思った。樺山富士太郎の縄張ではなかったか。話を聞けるかもしれない。

「御簞笥番を殺した下手人は」

佐之助は盛定にきいた。

「まだ捕まっておらぬ」

盛定は、あまり熱の籠もっていない言い方をした。

つまり、と佐之助は考えた。下手人を捕まえるのはもちろん大事だが、事件を決して表沙汰にしないようにするのが肝心ということなのだろう。

おそらく盛定は千代田城内か、南町奉行所で町奉行にすでに会っており、くれぐれも内密に処理するよう頼んだのではあるまいか。

武家にとって、体面こそがなによりも大切なのだ。家臣が江戸市中で殺されたという不名誉、不始末が世間に知れ渡ることを、大名家は極度に恐れ、嫌う。

「なにゆえ御簞笥番が殺されたか、理由は判明しているのでござるか」

佐之助は新たな問いを発した。

「わかっておらぬ。深夜に殺されたとのことだが、なにゆえそのような刻限に元飯田町の神社に御簞笥番がいたかも知れておらぬ」

このたびの大左衛門の襲撃と関係がないと考えるのは、愚か者のすることだろう。

「御家中に、御簞笥番は何人でござろう」

佐之助は問いの方向を少し変えた。

「三人だ。我が家は一万二千石の小名《しょうみょう》ゆえ、その程度の人数しかおらぬ。そのうちの二人は同心で、残りの一人が束ね役よ」

「殺されたのは」

「同心の一人だ。仕事にはとても熱心だった」

「御簞笥番の名をうかがってもよろしいか」

「他言無用に頼む。波多野展兵衛という」

その名を佐之助は胸に刻み込んだ。

遠藤家の御簞笥番である波多野展兵衛を殺したのは誰なのか。

三船象二郎ではあるまいか、との思いを佐之助はぬぐい去ることができない。

先走るのはいかぬぞ、と自らをすぐさま戒める。なにごとも、目の前の若年寄の話を聞いてからだ。

佐之助は軽く咳払いをした。

「殺された波多野どののお役目は、関の孫六など刀具足の諸事差配にござろうか」

その通りだ、と盛定が答えた。

「余の収集した刀については、特に気に入りの数振り以外は展兵衛がそのほとんどを管理していた。つい先日のこと、急に関の孫六が見たくなったときも、展兵衛に命じて納戸から持ってこさせた」

不意に盛定が難しい顔つきになった。

「どうかされたか」

「ちと思い出したことがあるのだ。そのとき展兵衛が差し出してきた関の孫六を、余はその場で抜いてみた。相変わらず目をみはる出来ではあったが、なにゆえか、これまでとちがう刀のように一瞬、見えたのだ。岩清水家から進呈されてから余は何度も目にしてきたが、そのような思いは一度たりとも覚えたことはなかった」

盛定は、いかにも不思議でならない、という表情をしている。

「岩清水家の当主の図書之助どのも、紛れもなく本物であると、佐賀どのが太鼓判を押してくれたと申しておった」

「信濃守さまは、関の孫六が偽物ではないかと今は疑っておられるのでござるな」

「うむ。しかし、果たして偽物といいきれるかどうか。すばらしい出来であるのはまちがいないのだ」

これだな、と佐之助は直感した。この盛定の違和感こそが、大左衛門が襲われる発端になったのではないだろうか。

「余は妙でならぬのだ。それでもう一度、佐賀どのに見てもらおうと鑑定に出すことを思い立ったのだ。もし佐賀どのが本物であると再度申すのであれば、信じようと考えてな」

そういうことだったか、と佐之助は納得した。関の孫六の再鑑定が行われることを、大左衛門を襲った下手人は知ったのだろう。それを阻もうとして、大左衛門の目を奪ったのではないか。

目的が再鑑定を阻止するためだったゆえに、大左衛門は命までは取られなかった。こういうことではないのか。

つまり、と佐之助は考えを進めた。三船象二郎は、最初は盛定に本物の関の孫六を進呈し、その後、精巧な偽物と入れ替えたのではあるまいか。

そのとき三船象二郎の企みに一役買ったのが、と佐之助は思った。殺された御簞笥番の波多野展兵衛ということなのだろう。

三船象二郎は波多野展兵衛を籠絡《ろうらく》し、その後、口封じをしたに相違あるまい。

「信濃守さま、関の孫六はいまお手元にござるか」

盛定に目を当てて佐之助はきいた。

「うむ、あるぞ」

「それがしに見せていただけませぬか」

「倉田どの、目利きに自信があるのか」

「そこそこは見ることができると存ずる」

「そこそこか、謙遜だな。――よし、見せてやろう」

気軽に立ち上がった盛定が、佐之助の入ってきたのと反対側の襖を開けた。そこは四畳半ほどの納戸のような造りになっており、いくつかの刀架が床板に置かれているのが見えた。客に望まれたとき自慢の愛刀をすぐに見せられるように、刀具足用の納戸とは別に、刀部屋というべきものをしつらえたのであろう。

刀部屋は御簞笥番の管轄外にちがいない。出入りが自由にできるのは、盛定ただ一人であろう。

一番手前の刀架から、盛定が一振りの刀を取り上げた。

「これだ」

一礼した佐之助は、差し出された刀を両手で受け取った。

盛定の後ろに控える二人の小姓が、緊張の顔つきになった。佐之助にまさか主君を害されはしないか、と案じているのだ。

「大丈夫だ」

その気配を察したか盛定が振り返り、二人にいった。安堵したように、二人の小姓が肩の力を抜く。

「では、拝見いたす」

すらりと引き抜き、佐之助は刀身を行灯のほうに向けた。

息をのむようなすばらしい出来である。

刀身の肉は薄いものの、手にしていると、刃の強靱さがびんびんとしびれるように伝わってくる。まるで刀自体が鼓動しているかのようだ。

刃文は尖《とが》り互《ぐ》の目で、杉並木のように刃文が連続している。これは関の孫六の目印といってよい。

刃長は二尺四寸か。いや、そうではない。二尺三寸九分というところだろう。

柄を握っていると、刀が手にしっくりとなじんでくる。釣り合いがよく取れているのだ。実に振りやすそうな感じがする。

偽物とはとても思えぬのだが……。

佐之助自身、何度か関の孫六の作刀は手に取ってじかに見たことがある。あれらは紛れもなく本物だった。いま手にしているものと、刃文はほぼ似たようなものといってよい。刃長は異なるが、いかにも斬れそうなにおいを放っているところはそっくりである。

目釘を外して、佐之助は茎《なかご》に切られた銘も見た。そこには『兼元』とある。『兼』という字の肩が少しだけ張っている。『元』の字の一画目がほぼ横向きに切られ、四画目はわずかに下側から切られている。

これらの特徴は、紛れもなく関の孫六であることを示している。

だがそれでも、と佐之助は思った。前に見た物と、どこかちがうような気がしないでもない。

うまく説明できないが、刀として重みが少し異なるような気がする。歳月を経ていないというのか。

この刀は打たれて、まだ日が浅いのではあるまいか。見た目が古く見えるのは、鉄は昔のものを使用しているからだろう。昔の名もない刀を溶かして作刀されているのではないだろうか。

これがもし偽物だとした場合、と佐之助は思った。大左衛門は見抜くだろうか。

確実に見抜くだろう。この関の孫六が大左衛門のもとに鑑定に持ち込まれることを知った者が、やはり大左衛門の目を斬ったのだ。

それは三船象二郎の仕業だろう。

まちがいあるまい。佐之助は確信した。刀を鞘におさめ、畳の上にそっと置く。

「どうかな、本物かな」

真剣な目で盛定がきいてきた。

「正直、それがしにはわかりませぬ。これは、まことにすばらしい刀にござる。名刀といって差し支えないものと存ずる」

佐之助自身、佩刀《はいとう》にしたいと思うくらいだ。これほどの刀を打てる刀工が、今の時代にいるということが信じがたい。関の孫六に匹敵するような腕前ということではないか。

だが、これほどの技量を誇る刀工でも、戦のない今の世を渡っていくのは、難儀この上ないということか。高名な刀工の偽物をつくって売ったほうが、比べものにならないくらい儲かるのだろう。

「そうか。そなたにも、はっきりとはわからぬか。やはり佐賀どのにしか、この刀の真贋は見抜けぬのかもしれぬ」

「信濃守さまは、ほかの目利きの者に鑑定を依頼するおつもりはござらぬのか」

「ないわけではない」

眉根を寄せて盛定が答えた。

「しかし、余が全幅の信頼を寄せておるのは佐賀どのだけだ。ほかの者に目利きを任せても、その鑑定結果がまことに真実を言い当てているのか、余としては迷わざるを得ぬ」

もし鑑定の結果が本物であると出た場合、かえって思い悩むことになるのではないか。

「信濃守さま」

静かな口調で佐之助は呼びかけた。

「なにかな」

「いま信濃守さまはこの関の孫六が偽物ではないか、と疑っておられる。もし偽物であると判明した場合、岩清水家のことはどうなさるおつもりか」

きかれて盛定がわずかに首をひねった。

「余は図書之助どのにふさわしい職を、取りはからうつもりでおる。図書之助どのが持参した関の孫六は、紛れもなく本物であった。目の前にあるこれがもし偽物だとしたら、すり替わったのはこちらの責任であろう。岩清水家には非はない。ゆえに、相応の職を与えるという余の気持ちに変わりはない」

この関の孫六を偽物であると大左衛門が鑑定を下した場合、波多野展兵衛がまず捕まることになろう。

そして、どういういきさつで本物と偽物をすり替えたか、展兵衛は白状することになるはずだ。三船象二郎が黒幕として関わったことが、白日の下にさらされることになるのだ。

関の孫六を大左衛門に鑑定に出すことを知った時点で、三船象二郎としては展兵衛の始末をしなければならぬことを覚ったにちがいあるまい。

一昨日の朝、大左衛門の目を奪った三船象二郎は昨日の夜、元飯田町の神社に展兵衛を呼び出し、殺害してのけたのだろう。

だが、三船象二郎が波多野展兵衛を殺した証拠はどこにもない。

いや、ないわけではないか。

盛定に進呈された本物の関の孫六を探し出せばよいのではないか。おそらく、展兵衛からこの屋敷にあった本物の関の孫六を三船象二郎は受け取り、それを持ち主に返したはずなのだ。

本物の関の孫六のありかを見つけ出し、その者の証言を得れば、三船象二郎は申し開きできないのではあるまいか。

関の孫六を含む名刀三振りを三船象二郎に貸し出した収集家、もしくは刀剣商を捜し出さなければならない。

礼をいって、佐之助は盛定の前を辞去しようとした。

「倉田どの、もう帰るのか」

盛定は名残惜しそうだ。

「一刻も早く佐賀どのを襲った下手人を捕らえねばならぬゆえ」

「それもそうだな。引き止めることはできぬ。最後に一つきいてよいか。そなた、今は浪人の身の上なのか」

「似たようなものでござる」

「ならば、余に仕えぬか」

まさか、ここでそんな言葉を聞こうとは思わなかった。

「お誘いはありがたきことなれど」

「先約でもあるのか」

「ござる」

佐之助はきっぱりと告げた。

「なんと、そうであったか。我が家よりも、もっと大きな家だな」

落胆した声で盛定がいった。

「そうではござらぬ」

「では、旗本にでも仕える気か」

「約束があるのは武家ではござらぬ」

「ほう、武家ではない。どういうことだ。まさか商家に奉公に上がるわけではあるまい」

「佐賀どのに誘われているのでござる」

「佐賀どのに」

「さよう。詳細については、見舞われる際に佐賀どのにお聞きになってくだされ。では、これにて失礼いたす」

すっくと立ち上がり、佐之助は部屋を出た。廊下で佐之助を待っていたらしい用人に導かれ、廊下を歩く。玄関のところで両刀を返してもらい、雪駄を履いて長屋門を出た。

すでに夕闇が濃くなりつつあった。道を行く者は武家ばかりだが、仮に見知っている者がそばを通ったとしても、わからないほどの暗さになっていた。

――さて、どうするか。

どうすれば、三船象二郎が名刀三振りを借り受けた者、あるいは武具屋のことがわかるだろうか。

よし、と決意した佐之助は、とりあえず岩清水家の近くまで戻ることにした。近所まで行けば、岩清水家のことに詳しい者に会えるのではないか。

神田同朋町に入ったときには、江戸の町は闇にすっぽりと覆われていた。

煮売り酒屋や一膳飯屋、料亭などの提灯が路上や近くの看板などを、ほんのりと照らし出している。

一つの看板に、佐之助は目を止めた。建物の横に掲げられた看板に口入屋とあったのだ。常総屋《じょうそう》というようだ。建物自体は古く、老舗《しにせ》のように感じられた。

店はすでに閉まっているが、戸の隙間から明かりがこぼれている。

岩清水家とは近所であり、この店は奉公人を入れるなどつき合いがあるのではないか。

そうにらんだ佐之助は戸口に立ち、静かに戸を叩いた。

すぐに臆病窓が開き、狐のように細い目が佐之助を見た。

「あの、お店はもう終わったのですが」

女のほっそりとした声がいった。

「いや、職を求めて来たわけではない。ちと聞きたいことがあるのだ。主人はいるか」

「申し訳ございません。出かけております」

「戻りは」

「遅くなると思います。あの、どのようなことをお聞きになりたいのでございますか」

「そのほうが出入りを許されておる岩清水家のことだ。当主の図書之助どのは、いま小普請組であったな」

佐之助のはったりが当たった。

「はい、そううかがっております」

やはり常総屋は、岩清水家とつき合いがあるのだ。

「図書之助どのに関して、ちと知りたいことがあるのだ」

「岩清水さまの身辺についてお知りになりたいということでございますか」

「そう取ってもらってよい」

「でしたら、岩清水さまにとってよいお話でございますね」

どうやらこの女房らしい女は、図書之助には仕官話があり、それで仕官先の者が身辺を調べている、と取ったようだ。

「でしたら、主人にじかにお会いになってください」

女房らしい女が弾んだ声を出した。さすがに佐之助は、すまぬという気持ちになった。

「いま主人は、すぐそこの内橋《うちはし》という居酒屋におります。気のいい人ですので、岩清水さまのことなら、なんでも話してくれると思います」

ありがたし、と佐之助は思った。主人が出かけているというのは、そういう意味だったのだ。

「主人の名をきいてもよいか」

「富助《とみすけ》と申します」

「かたじけない」

佐之助が礼をいうと、いえ、と女房がかぶりを振った。

佐之助はうっすらと明るい道を歩き出した。背後で臆病窓が閉まる音がした。

道をきくまでもなく、内橋という居酒屋は見つかった。黒々とした墨で店名を記した赤提灯が、湿り気を帯びた風に揺れている。

藍色の暖簾を佐之助は払い、建てつけの悪い戸を開けた。

中から、むっとするような安酒のにおいが這い出てきた。店内には、魚や鳥を焼くにおい、蔬菜を煮込んでいるようなにおいが、逃げ場を失って充満している。

六畳ほどの広さの土間に三つの長床几が置かれ、あとは薄汚れた八畳の座敷があるだけの店である。長床几は三つとも笑顔の客たちが座り、座敷のほうも三組の客が埋めている。

いかにも庶民のための飲み屋という感じである。佐之助自身、こういう雰囲気の店はきらいではない。江戸の町人たちのたくましさを感じ取ることができるからだ。

佐之助のような侍が来るのは珍しいのか、誰もが興味深げな目を向けている。

「いらっしゃいませ」

ねじり鉢巻をした店主らしい男が威勢のいい声を放った。

佐之助は、長床几の客と話をしていた小女と目が合った。その場で立ちすくんだような小女は、潤んだような瞳でじっと見ている。気づいたように、いらっしゃいませ、と小さな声でぽつりといった。

「あの、こちらしか空いていないんですが」

すまなそうに小女が座敷の端のほうを、手で示した。

「いや、俺は客ではないのだ。人を捜している。——常総屋の富助はいるか。女房から聞いてやってきたのだが」

客たちの顔が一斉に、長床几に腰かけている一人の男に向く。

「お侍は、手前を捜していらっしゃるんですかい」

五十近いと思える男が立ち上がり、自分の赤ら顔を指さした。女房とはちがい、まん丸くて黒々とした瞳をしており、それをさらに大きく見開いて佐之助を見ている。

「おぬしが富助か」

「はい、さようで」

つかつかと佐之助は歩み寄った。富助と一緒に飲んでいた初老の男が気を利かせて長床几から立ち、座敷のほうへと移っていった。

「すまぬな」

佐之助が声をかけると、なによろしいんですよ、と初老の男は笑みを浮かべて答えた。

富助は背が低く、佐之助は見下ろす恰好になった。

「あの、お侍は、手前と面識はございませんね」

「うむ、初めてだ。どうだ、座らぬか」

はい、といって富助が顎を引いた。佐之助が長床几に腰を下ろすのを待って、そっと尻を預けた。

「俺は倉田佐之助という」

「倉田佐之助さまでございますね」

聞き覚えがあるような、という顔を富助はしたが、すぐにまじめな表情をつくった。

「倉田さまは、どうして手前をお捜しになっていたんですかい」

「岩清水家について話を聞きたいからだ」

低い声で佐之助は語った。

「岩清水さまのことですか」

「ききたいことはただ一つだ」

「なんでございましょう」

真剣な眼差しを富助が注いでくる。

「岩清水家が親しくしている者で、数多くの名刀を所持している者を知らぬか」

「名刀でございますか」

思いもしなかったことをきかれたようで、富助は面食らっている。

「それは刀剣の売り買いを商売にしているのではなく、趣味で集めていらっしゃるお方、ということでございますか」

「いや、岩清水家と昵懇の仲ならば刀剣商でもよい」

「さようでございますか」

答えが頭に浮かんだような顔つきになったが、富助はすぐには明かさなかった。

「あの、倉田さまはどうしてそのようなことをおききになるのでございますか」

信用が命の口入屋であれば、当然のことをきいてきた。ここはごまかすわけにはいかぬな、と佐之助は判断した。

「実はな」

名は出さなかったものの、一人の男が両目を斬られ、ほかの一人が刺し殺されたことを佐之助は小声で話した。

「そのようなことがあったのでございますか」

驚きの目を富助が向けてくる。

「俺はその事件を調べているのだ」

「あの、その事件に岩清水さまが関わっておられるのでございますか。下手人ということも考えられるのでございますか」

「それはまだわからぬ」

佐之助は慎重な言い方をした。

「おぬしから話を聞き、調べを進めることができれば、岩清水家がまったく関与していないことを証すことができるやもしれぬ」

「その逆もあるということでございますね」

「それはそうだ。岩清水家の者が下手人かもしれぬ」

「さようでございますか。しかし、ご当主の図書之助さまをはじめ、よいお方ばかりですのに……。最近は、手前に人を集めてくれるよう頼まれることは、滅多にないのでございますが」

富助は誠実そうな顔に、苦しげな表情をあらわにしている。

「わかりました、お話しいたします」

うむ、といって佐之助は聞く姿勢を取った。

「亡くなったご先代の鉢之介《はちのすけ》さまが、とても親しくされていた刀剣商がございます。ご存命の当時、鉢之介さまが御蔵奉行をつとめておられ、岩清水さまも威勢がとてもおよろしゅうございました。鉢之介さまは刀がとにかくお好きで、よく集めていらっしゃいましたな」

「そうだったのか」

刀の収集家の家だったから、三船象二郎は贈り物として刀を選び、猟官のための相手として、名刀が威力を発揮しそうな遠藤信濃守に目をつけたのだろう。

「しかし、今はもうあらかた売り払ってしまったようにございます。お手元には、名刀と呼ばれるほどのものは残っておりませんでしょうな」

残念そうに富助がいった。

三船象二郎は、と佐之助は思った。以前の岩清水家の勢威をなんとしても取り戻したいと考えているのではないか。そうすることが、今の当主である図書之助のためであると信じて疑っていないのだろう。図書之助を守り立てるためには、どんな犠牲も厭《いと》うつもりはないのだ。邪魔する者はこの世から消えてもらって構わぬとまで、決意しているにちがいあるまい。

妄執としかいいようがないが、本人はそのことに気づいていない。当然のように正義であると思っている。

だが、このことは侍にとってみれば、別におかしなことではまったくない。侍ならば、主家の存続こそがすべてではないだろうか。象二郎が別段、変わっているわけではないのだ。

「鉢之介さまは奈納津屋という刀剣商と親しくされていました」

ついに富助が口にした。

「奈納津屋というのはどこにある」

平静な声音で佐之助はきいた。

「あれは、確か……」

富助は首をかしげて思い出そうとしている。

「ああ、巣鴨原町二丁目でございますよ」

「巣鴨原町二丁目の奈納津屋だな」

「さようでございます。あるじは甲兵衛さんといったと思います」

「よし、わかった」

富助に深く礼をいって、佐之助は常総屋の暖簾を外に払った。闇の中に飛び出す。

巣鴨原町二丁目に着いたときには、すでに五つ近かった。

当然のことながら奈納津屋は閉まっていた。

中に明かりがついているのが見え、店の者がまだ起きていることを佐之助は知った。

近所迷惑にならないように戸をひそやかに叩いた。

やがて戸の向こう側に人の気配が立ち、臆病窓が開いた。

「どちらさまですか」

「俺は倉田佐之助という。おぬしはあるじの甲兵衛か」

「さようでございます」

「遅くにすまぬ。ちと話を聞かせてもらいたく、迷惑も顧《かえり》みずに寄らせてもらった」

「あの、倉田さま、今宵でなくてはならないお話でございますか」

「急いでおる」

「倉田さま、お一人でございますか」

「そうだ」

臆病窓の目が、佐之助をじっと見据える。

「どうぞ、お入りください」

闇の中、人物を見定め終えたか、くぐり戸が静かに開いた。かたじけない、といって佐之助は店内に身を滑り込ませた。

そこは六畳ばかりの土間だった。行灯が隅に置かれ、侘《わび》しい光を放っている。

店内はどこかかび臭さが漂っている。刀剣など武具の類は土間に置かれていない。奥に並べられているのかもしれない。

不意に女房らしい女が顔をのぞかせた。

「お茶をお出ししましょうか」

「いや、すぐにお帰りになるから、けっこうだ。おまえはやすんでいなさい」

「わかりました」

女房らしい女はすぐに引っ込んだ。甲兵衛が佐之助に向き直る。

「それで倉田さま、お話とはどのようなことでございましょう」

かたい顔つきできいてきた。

「関の孫六、粟田口国綱、和泉守兼定。この名刀三振りがこちらにあると聞いたが」

甲兵衛の顔がさらにこわばった。

「さて、なんのお話でございましょう」

「とぼけずともよい。その三振りだが、最近、岩清水家に貸し出したな」

しかし、甲兵衛は肯《がえ》んじない。

「貸しておらぬか」

「はい、そのような覚えはございません」

「覚えがなくともよい。ここに関の孫六は返ってきておるな」

「それも手前は覚えがございません」

「おぬし、岩清水家になにやら義理立てをしているようだな。先代の鉢之介どのに、よほど世話になったようだ」

「ご先代のことはよく覚えておりますよ。実にいいお方でございました」

甲兵衛が佐之助の顔をじっと見る。

「倉田さま、家探しをされますか。手前はそれでも構いませんが」

家探しすれば、と佐之助は思った。必ずや岩清水家に貸したはずの三振りが見つかるはずだ。

瞬きすることなく、甲兵衛が佐之助を見つめている。

「わかった、出直そう」

「それがよろしゅうございましょう」

張っていた甲兵衛の両肩から力が抜けた。

「今度は佐賀大左衛門どのを連れてまいる」

「えっ、佐賀さま……」

甲兵衛が愕然とする。

「知っているか」

「もちろんでございます」

「つき合いがあるのか」

「いえ、うちはございません」

「佐賀大左衛門どのが何者かに襲われ、目を潰された。おぬし、そのことを知っているか」

「ま、まことでございますか」

甲兵衛が驚愕している。

「まことのことだ。だが、幸いにも傷は浅かった。じき目は見えるようになろう。近々連れてくるゆえ、そのときは三振りを見せてくれぬか」

大左衛門の目が果たしてよくなるものか、佐之助は知らない。むろん、見えるようになることを願っている。

「は、はあ」

呆然としている甲兵衛を尻目に、佐之助は外に出た。途端に暗闇の幕に包まれた。風に肥のにおいが混じっているのに気づく。

餌は撒いた、と佐之助は思った。奈納津屋甲兵衛がこたびの一件になんの関与もしていないのは確かだろう。

だが、あの口の固さからして、甲兵衛はどうやら三船象二郎に心酔しているようだ。そうである以上、きっとなんらかの動きを見せるはずだ。

今はそれを待てばよい。

今日のことはすべて、と佐之助は思った。直之進と大左衛門に知らせておいたほうがいいだろう。

佐之助の足は、大左衛門の屋敷がある根岸に向かっている。

二

薬箱を閉じた。

目医者の鯨斎が穏やかな眼差しを、大左衛門に当てる。

「だいぶよくなってまいりましたな」

大左衛門のそばに置かれた行灯が、炎を揺らめかせる。すでに夕刻が近い。

「まことですか」

晒を顔に巻かれた大左衛門が、うれしそうな声を出す。

よかった、と直之進の心も喜びに満ちた。下男の佐治彦も安堵の息を漏らした。

笑みをたたえて、鯨斎が続ける。

「この分なら、失明は免れるでしょう。とにかく手当が早かったのが、よかったのですな。手前味噌になりますが、この鯨斎をすぐに呼んだこともよかったのですよ。下手な医者にかかっていたら、おそらく……」

医者選びは大事なのだな、と直之進は心から思った。もしちがう医者が診ていたら、大左衛門は目を失っていたことになるのだ。考えるだに恐ろしい。

そのことは、ほかの病にもいえるのではないか。日頃から、本物の医者か藪医者か、評判をよく聞いておいたり、じかにかかって人物を見定めておいたりすることが肝心なのだろう。

「あと数日で晒は取れましょう。しかし佐賀さま」

鯨斎の口調がやや重いものになった。

「前ほどは、目はよく見えないのではないかと思います。刀傷となると、目に与える負担は相当のものがありますから」

つまり、と直之進は考えた。佐賀どのは真贋を見抜く目を失うことになるのかもしれぬということだ。

「いえ、見えるようになるだけでけっこう。それだけで奇跡というべきものでしょうから」

無念だろうが、大左衛門はその思いを押し隠すようにして気丈にいった。

「そういっていただけると、医者としてはまことにうれしい。しかし、まだ治療が終わったわけではない。手前は佐賀さまがさらによく見えるように、力の限りを尽くさせていただく所存でございます」

「心強いお言葉だ。鯨斎先生、よろしくお願いいたします」

「ただし佐賀さま、今日は薬湯をしっかりと飲み、よくよく体を休ませるように。それこそが全快への早道ですからな。決して無理をしてはなりませんぞ」

釘を刺すように鯨斎がいった。

「よくわかっております」

大左衛門が両手を畳にそろえ、鯨斎のいるほうへと頭を下げた。顔を上げ、佐治彦に命じて、鯨斎に治療代を支払うようにいった。

「では、手前はこれにて失礼いたします」

腰を上げた鯨斎が助手とともに出ていった。佐治彦が二人を見送りに出る。

「佐賀どの」

直之進は呼びかけた。

「よろしゅうござった」

「かたじけない」

大左衛門が頭を下げる。晒をしていても、喜びの色は隠せない。はっきりと表情に出ていた。

「湯瀬どの、鍛錬次第でまたきっとよく見えるようになるのではござらぬかな」

「確かに、傷というのは甘やかしてばかりではいかぬ、という話はときに聞きます。しかし今は鯨斎先生がおっしゃったように、体を休められたほうがよいと存ずる」

「その通りでござるな」

大左衛門は苦笑したようだ。手元を探り、湯飲みを手に取る。それを傾け、一気に中身を飲み干した。

「うう、苦い。吐き出したくなるようなまずさでござるよ」

舌を出し、大左衛門は頬をゆがめている。

「湯瀬どのにも飲ませてあげたい気分でござるよ」

「薬湯のにおいは甘くてとてもよいのですが、そんなに苦いのですか」

「ひどいものだ。甘いにおいは、飲ませるための騙しのようなものでござるな」

嘆くようにいいながら、大左衛門が布団に横になった。

「さすがにこうすると、楽でよい」

「お眠りになるか」

「そうさせていただこう。そのあいだ、湯瀬どのはなにをされておる」

「ここで、書物でも読んでいようと思っています」

「うちにある本でしたら、遠慮は無用、なんでもお読みくだされ」

「承知いたしました」

「では、それがしはこれで」

晒の下ではもともと目を閉じているだろう。それでも、大左衛門は眠る姿勢を取ったようだ。できるだけ音を立てないことを、直之進は心がけた。

やがて健やかな寝息が聞こえてきた。規則正しい寝息を耳にしていると、とても重い傷を負った者には見えない。

今日一日、大左衛門は眠っていた。その上さらにこうして熟睡できるのは、薬の中に眠りを誘う力が含まれているからか。

とにかく眠れるというのはよいことだ。治りを早くする。獣も傷を負ったときはなにもせず、ひたすらじっとしているというではないか。

文机の上の書物を直之進は読みはじめた。

これは江戸の名所案内のようなものだ。書物名は『漫遊《まんゆう》江戸《えど》歳時《さいじ》』という。初めて読んだが、なかなかおもしろいし、興味深い。どうやら、今から百年ほど前に出された書物であるようだ。今とは風物や流行りが、ずいぶんと異なっているのが知れる。

それでも少し眠気を覚え、直之進は書物を閉じた。眠るわけにはいかない。佐之助が探索に出たあとの昼過ぎ、富士太郎と珠吉がここ大左衛門の屋敷へやってきた。

元飯田町で人殺しがあり、そちらに専念しなければならないことになり、そのことを謝罪しに来たのだ。そのときに、大左衛門の覚え書きも返していった。眠っていた大左衛門も起き出し、富士太郎と珠吉と挨拶をかわした。殺されたのが遠藤家の御箪笥番であると富士太郎から聞かされて、驚いていた。遠藤家のあるじである信濃守盛定とは、とても深いつき合いがあるのでござるよ、と大左衛門はいった。

大左衛門が襲われて目を潰されそうになったことと、この遠藤家の御箪笥番の死とは、なにも関係がないのだろうか。

自分で調べてみたい、との思いに直之進は駆られた。

だが、探索のほうは佐之助に任せてある。自分は大左衛門の警護に力を尽くさねばならない。もし大左衛門のそばを離れ、なにかあったら、詫びのしようがない。腹を切っても追いつかない。

一刻半ほど経ったか、ひそやかな足音が近づいてきたのを、直之進の耳はとらえた。あれは佐治彦だろう。

足音は部屋の前で止まった。

「あの、旦那さま」

遠慮がちな声が襖の向こうから発せられた。やはり佐治彦である。

「なにかな」

気づいて上体を起こした大左衛門がただした。襖が開き、佐治彦が顔を見せた。

「お客さまでございます」

「こんな刻限にか。どなたかな」

「采謙さまのお使いとのことでございます」

「采謙どのの……。目がこんなだから、ご容赦願いたいといってくれるか」

「わかりました」

「いや、わしから日を改めてくれるようにいおう。佐治彦、お通ししてくれ」

「承知いたしました」

襖が音もなく閉まり、佐治彦の足音が遠ざかっていく。

「采謙というのは」

直之進は大左衛門にきいた。

「刀剣商でござるよ。まだ一度も会ったことはありませんが、前からそれがしに会いたいといってきているのでござるよ。今日、約束しておりもうした」

「ほう。怪しい者ではないのですか」

「怪しげな者はたくさんおりますが、湯瀬どのがいてくだされば、なんの心配もいりもうさぬよ」

佐治彦に連れてこられたのは、一人の男だった。

「あっ」

その男を見て、直之進は我知らず声を上げていた。

敷居を越えて部屋に入ろうとしていたのは鎌幸だったからだ。商売人としか思えない恰好をしている。

「うおっ」

直之進を見て鎌幸も仰天している。

逃げ出そうとしたが、すぐにあきらめた。背中に刀袋を負っている。

「どうしてここに」

鎌幸が呆然としていう。

「座るがいい」

直之進は鎌幸にいった。鎌幸が正座し、刀袋を畳に置く。

「お二人はお知り合いだったのかな」

大左衛門が不思議そうな声を出す。

「二人とも沼里の出ですよ」

直之進は明快に答えた。

「さようか、故郷のお知り合いでござるか」

直之進は鎌幸を見据えた。

「足の傷はどうだ」

「もう治った。もともと傷の治りは早いし、戦国の世から続くいい薬もある」

「ほう、そんな物があるのか」

鎌幸が、大左衛門の晒を気にする。

「佐賀さまはどうされたのだ」

「ちょっとあってな、目をやられた」

「そうか。目をな。大丈夫なのか」

「うむ、じき治る」

「それはよかったな」

笑みをたたえていい、鎌幸が直之進をじっと見た。

「湯瀬どの、いい物を見せてやろうか」

鎌幸が刀袋から刀を取り出した。

「どうだ、これが三人田だ」

自慢げに鎌幸が手渡してきた。

「なんと、三人田とな」

驚きの声を発したのは大左衛門である。

「うーむ、見たいのう。晒を取り払ってしまいたいくらいだ」

大左衛門がそんな無茶をいうから、直之進はたしなめた。

「そのようなことをしたら、本当に目を失うことになりますぞ」

「確かに、湯瀬どののおっしゃる通りだ。ここは我慢、我慢」

自らにいい聞かせるように大左衛門がつぶやいた。

「それがしの代わりに、湯瀬どのがじっくり見てくだされ」

「承知いたした」

直之進は顔を鎌幸に向けた。

「ということだ。見せてくれ」

「わかった」

刀袋を開き、鎌幸が中身を取り出す。

「とくとご覧《ろう》じろ」

直之進は受け取った。古風な感じのする拵えだが、金と銀がちりばめられており、とても豪華だ。目にまばゆい。

一礼し、直之進は刀を抜いた。

あまり反《そ》りはない。

鈍色《にびいろ》が実に美しい。刃長はかなり長く、二尺五寸はあるのではないか。刀身はさえざえとした落ち着きのある趣きを保っている。

「これはすごい」

じっと見て直之進は嘆声を漏らした。それを聞き、我慢ならぬというように大

覚える。


左衛門が身じろぎする。

行灯の光を浴びて刀身が妖しい光を帯び、そのまま吸い込まれるような錯覚を覚える。

——おや。

見続けているうちに直之進は心中で首をひねった。

すごいが、この刀はなにかちがう。そんな気がしてきた。直之進は顔を上げ、鎌幸を見つめた。

「これは本物の三人田なのか」

ぎくりとした感じで鎌幸が問い返す。

「なにゆえそのようなことをいうのだ」

「俺は三人田という刀は目にしたことはないが、もっと神々しいのではないかという気がする。この刀はすばらしいが、どこか気高さに欠ける。そんな気がして仕方がない。すごい刀であるのは事実だが、これが伝説の刀というのは、ちとちがうのではないかな」

その直之進の言葉を聞いて、鎌幸はしばらく言葉がなかった。

「さすが湯瀬どのよ。その通りだ。これは三人田の写しよ」

「やはりそうか。だが、写しとは思えぬよい出来だ。まさかおぬしが打ったわけではあるまいな」

「俺に打てるわけがない。専門の刀工がおる」

「すごい技量の刀工だな。しかし、おぬしが三人田を取り返してから、ずいぶんと早く写しを打ったものだな」

「いや、俺の記憶で打ってもらってあったのだ」

「そういうことか」

直之進は納得した。

「おぬし、これを三人田として、佐賀どのに売りつける気だったのか」

「佐賀どのに本物として売るつもりはなかった。写しでよいのなら、と思ってやってきたのだ。湯瀬どのに見破られた以上、佐賀どのに通じるはずがない。だが湯瀬どの、おぬしがほしいなら、格安で売ってやってもよいぞ」

「いくらだ」

「百両」

一瞬、これだけの刀がこの値で手に入るのなら、と直之進は迷った。

「いらぬ」

そういったのは、佐之助である。襖を開け、ずかずかと部屋に入ってきた。

「おう、戻ったか」

直之進の言葉に応えず、佐之助がじっと鎌幸を見る。

「倉田どのが戻ったのですな」

大左衛門がうれしげな声を上げた。

「誰だ、あんたは」

目に力を入れて、鎌幸が佐之助を見返す。佐之助が、片膝を立てた鎌幸にぐっと顔を近づけた。

「きさま、最近、関の孫六の偽物を売った覚えはないか」

いきなり佐之助にきかれ、鎌幸が膝を落とした。

直之進は佐之助がなにをいっているのか、さっぱりわからない。大左衛門も同様の様子である。

「あ、あんたは誰だ」

唇をおののかせて、鎌幸が先ほどと同じ問いを発した。

「俺が誰かなど、どうでもよい。さっさと答えろ。売ったのだな」

「な、なにゆえ、そのようなことをきくのだ。俺がおぬしに答えねばならぬ義理はない」

「ずいぶん強気なことをいうな」

佐之助ににらまれて、見つめ返す鎌幸の目が泳いだ。

「確かにきさまに義理はない。だが、きさまは答えなければならぬのだ。とっと吐けっ」

怒りと凄みを表情にたたえて、佐之助がいった。

「しかし……」

佐之助ににらみつけられ、相当の恐怖を覚えているはずだが、鎌幸は必死に耐えている。

「俺はなにも知らぬのだ」

「そのようなことはあるまい。偽の関の孫六を売ったことがあるはずだ」

殺気をみなぎらせて佐之助が断じた。

「む、むう。――う、うむ、確かに売った」

根負けしたように鎌幸が認めた。

「だが、あれは騙して売ったわけではないぞ」

「きさまが騙して売ろうとなにをしようとかまわぬ。俺が知りたいのは、誰に売ったかだ」

「それを知りたいのか」

「そうだ。言え」

「知らぬ」

「いや、きさまは知っている」

「本当に知らぬ」

「そんなことはない」

目を光らせて佐之助がすごむ。

「きさまは知っている。吐けっ、吐くんだ」

「うっ、うう」

うなった鎌幸が、さっと手を伸ばして三人田の写しを持ち、一気に立ち上がろうとした。だが、その前に佐之助は鎌幸の襟首をむんずとつかみ、身動きの自由を奪った。

うあっ、と声を発して鎌幸がじたばたする。

「は、放せっ」

「うるさいぞ」

「は、放せ」

「吐けば放してやる。誰に売った」

「いえぬ。いったら、俺は殺される」

「いわねば、俺が殺す」

腰を落とし、佐之助が殺気をみなぎらせる。佐之助から発せられている強い気は、直之進の体まで縄で縛《いまし》められたように締めつけてくる。

「ひっ」

喉の奥から鎌幸が引きつった声を出した。殺気のあまりの強さに、身動きがまったく取れないようだ。大左衛門も佐之助の迫力に体をかたくしているらしい。

「言え」

佐之助はなおもいった。

「いやだ」

「ならば、こうだ」

いうや、佐之助が鎌幸を放した。呪縛が解けたように、三人田の写しを手に鎌幸が逃げ出そうとする。

その瞬間を狙い澄ましたかのように、佐之助が抜き打ちに刀を振るった。

なんの音もしなかった。だが、いきなり鎌幸の髪が、ばさっと垂れてきた。視界を自分の髪でふさがれ、うわあ、と声を上げて鎌幸が尻餅をついた。三人田の写しが、がちゃりと畳を転がる。

佐之助の刀が、鎌幸の髻《もとどり》を飛ばしたのである。いや、そうではない。佐之助の刀が触れたのは髻の元結《もとゆい》だけだ。佐之助は元結を切ったのだ。その結果、髷《まげ》が崩れ、髪が音を立てて垂れてきたのだ。

「次は頭の皮を削ぐぞ」

鎌幸の前に回り込んだ佐之助が、刀尖を突きつけて宣した。

「どうだ、吐く気になったか」

目の前の髪を手でかき上げた鎌幸は、佐之助を見上げて声もない。がくがく、と首を縦に動かした。

「よし、言え」

だが、すぐに思い直したように鎌幸が大きくかぶりを振った。

「やっぱりいやだ」

「強情なやつだな」

あきれたように佐之助がいった。

「殺すというのなら殺せ」

佐之助に向かって、鎌幸が開き直ったように吼《ほ》えた。

「俺は風魔の末裔だ。忍びが口を割るものか。口を割るくらいなら、死を選ぶわ」

「ならば、望み通りにしてやる」

冷徹な口調でいい、佐之助が刀を振り上げた。覚悟を決めたように鎌幸が目を閉じる。

刀をかざしたまま、佐之助がしばらくのあいだ鎌幸をじっと見ていた。

「意外に骨があるのだな」

感心したようにいって、佐之助が刀を下ろした。

「気骨に免じて許してやろう」

おそるおそる鎌幸が目を開ける。

「ま、まことか」

「嘘はいわぬ。それにな、もともとおぬしを斬るつもりはなかった」

「元結を切ったではないか」

「命まで取っておらぬ」

鮮やかな手並みで刀を鞘におさめ、佐之助が同時に殺気も消した。ほっ、と鎌幸が体から力を抜いた。

「倉田、いったいなにがあった」

ようやく直之進は口を挟むことができた。なにもいわないが、大左衛門も興味を抱いているようだ。

「おう、湯瀬」

初めて直之進に気づいたとでもいうように、佐之助が声を出した。

「おぬしに今日なにがあったか話す前に、この鎌幸とかいう者をどうする気か、きいておこう」

佐之助の目は鎌幸に当てられている。直之進は首を振った。

「俺はどうする気もない。おぬしはどうだ」

「実はある」

短く答え、佐之助が鎌幸を凝視する。

「頭の名は采謙というのか」

「そ、そうだ」

目を充血させて鎌幸が答える。

「どこに行けば采謙に会える」

「会いたいのか」

「会う必要があるかもしれぬゆえ」

「刀を買ってくれるのか」

「よい物があれば、買ってもよい。ただし、名刀の精巧な偽物として売っている物は駄目だ」

「わかった。偽物として売らずとも、刀の出来には自信がある」

ごくりと唾を飲み、鎌幸が告げる。

「牛込《うしごめ》に山角《やまずみ》神社という古い社がある。そこの神官にいってもらえれば、翌日の夜までには頭に会えるはずだ」

「鎌幸、嘘はついておらぬな」

「嘘などつかぬ」

むきになって鎌幸がいった。

「わかった、山角神社だな」

佐之助が静かにうなずいた。

「おぬし、頭を罠にはめようなどと思わぬほうがいい。殺されるぞ」

「罠にはめるつもりなどない。だが、もし必要とあれば、采謙には証言してもらうことになろう」

「なんの証言だ」

「偽の関の孫六を売ったという証言だ。それを目付の前でしてもらうことになる」

「それは無理だ。頭が受けるわけがない」

「無理でも、必要とあらばやってもらう。脅してでもやらせる」

「頭は脅しに乗るような人ではないぞ……」

湯瀬、と佐之助が鎌幸を無視して呼びかけてきた。

「この男、解き放ってよいか」

「俺は構わぬ」

「そうか。おい、きさま。帰れ」

いわれて、鎌幸があっけにとられる。

「えっ、よいのか」

「もう用はすんだ」

「そ、そうか。ならば遠慮なく」

佐之助の気の変わらないうちにとばかりに、畳の上の三人田の写しを拾い上げ、鎌幸が刀袋にしまい入れた。それを肩に担ぐ。

「では、これでな」

直之進に頭を下げ、鎌幸がそそくさと出ていった。

「それでなにがあった」

改めて直之進は佐之助にただした。どかり、と音を立てて佐之助が座った。その方向に大左衛門が顔を向ける。

佐之助が語りはじめた。

すべてを聞き終えて、直之進はすぐさま口を開いた。

「遠藤家の御箪笥番が殺されたという話なら、倉田が探索に出たあと、富士太郎さんと珠吉から聞いたぞ」

「そうか、やはり樺山が探索しておるのか」

倉田どの、と大左衛門が呼びかける。

「まこと、三船象二郎どのが怪しいのでござるか」

「まちがいない」

確信を持って佐之助が断言した。

それを聞いて大左衛門が呆然とする。信じられないというように、唇をわななかせた。

三

文を持つ手が震えた。

三船象二郎が持っているのは、先ほど奈納津屋甲兵衛が急飛脚でよこした文である。

倉田佐之助という男が昨夜、訪ねてきた。関の孫六があるのではないか、ときかれたが、こちらにはありません、とはっきり伝えた。倉田佐之助は佐賀大左衛門と知り合いとのことで、今度連れてくるからそのときには関の孫六や粟田口国綱、和泉守兼定を必ず見せてほしい、といって帰っていった。倉田佐之助によると、佐賀大左衛門は何者かに襲われて目をやられたが、じきに本復するそうである。佐賀大左衛門が店に見えたら、さすがに断ることはできないかもしれない。江都一の通人と呼ばれ、刀の目利きとしても第一人者である。もし断るような真似をすれば、店は立ち行かなくなってしまうのではないか。

このような意味のことが、達筆な字で記されていた。

奈納津屋は、と象二郎は文を握り締めて思った。わしに関の孫六を一刻も早く購えといってきているのか。だが、それだけの大金が岩清水家にないことは、奈納津屋はよく知っているはずだ。

つまり、と象二郎は考えを進めた。そんな意図などなく、奈納津屋甲兵衛は丹《たん》心《しん》から知らせてきたに相違ない。

文を読んで象二郎は二つの強い衝撃を受けた。一つ目は、倉田佐之助が奈納津屋を見つけ出したことだ。どういう手立てを取ったのか知らないが、あの男は岩清水家と奈納津屋が親しいつき合いがあったことを探り出したのだ。

二つ目は、大左衛門の目の本復が近いというくだりである。

大左衛門の目が見えるようになったら、遠藤家にある偽の関の孫六は、必ずや鑑定に出されるだろう。偽物と露見したら、図書之助に官職が与えられることは決してあるまい。

岩清水家は先代の隆盛を取り戻すことはなく、取り潰しの憂き目に遭うかもしれない。いや、まちがいなくそうなるだろう。すべては終わりといってよい。

――わしが腹を切って、どうにかなるものではあるまい。まずいぞ、どうすればよい。

焦りばかりが募り、象二郎にいい考えは浮かばない。

ぐう、と腹の虫が鳴いた。

昼が近いのはわかるが、こんなときにもかかわらず腹は空くのだ。苛立たしかった。

廊下を滑る足音が聞こえてきた。

「ご用人」

襖越しに声を発したのは邦三郎である。

「どうした」

文をたたんで象二郎はきいた。襖が横に滑り、邦三郎が顔をのぞかせた。

「来客にございます」

「どなただ」

こんなときにいったい誰が来たというのだ。

「昨日おみえになった倉田佐之助どのにございます」

なに。象二郎は眉根を寄せた。また来たのか。やつには会いたくはない。だが、会わないわけにはいかない。

「客間に通せ」

「承知いたしました」

襖が閉じられ、足音が遠ざかっていく。

落ち着け。象二郎は自らに命じた。とにかく冷静に対処するのだ。そうすれば、きっと道は開ける。

身なりを見た。うむ、どこにも乱れはない。心の揺れは着衣にあらわれてはいない。脇差を腰に差し、大刀を手に象二郎は部屋を出た。

　客間に入る前に深く呼吸をしてから、失礼するといって襖を開けた。佐之助が端座しているのを見て一礼し、敷居を越えた。佐之助の向かいに座る。

「これは倉田どの」

象二郎はにこやかに挨拶した。佐之助も丁寧に辞儀した。

倉田どの、と象二郎は呼びかけた。

「昨日の今日というには、なにかわけでもござるかな。昨日なにか言い忘れたことでもおありか」

「言い忘れたことではない」

佐之助がゆったりと首を左右に振った。

「三船どのに、新たにわかったことを知らせに来た」

「わかったこととというと」

わずかに身を乗り出して象二郎はたずねた。

「いま遠藤家にある関の孫六のことだ」

どきりとしたが、象二郎は平静を装って問うた。

「関の孫六がどうかしたのでござろうか」

「この家の当主である図書之助どのが進呈した名刀だが、どうやら偽物ではないかと思える節がある」

「なんと」

象二郎は目をむいてみせた。むう、と心でうなり声を上げた。この男はどこまで知っているのか。つかんだのか。

「岩清水家が偽物を遠藤家に進呈したわけではないことは、それがしもわかっておる。何者かがすり替えたのだ。ゆえに、肝心なのは、本物が今どこにあるのかということだ。それがしは奈納津屋という刀剣商にあるのではないか、とにらんでおる。——三船どの、奈納津屋は存じておられるな」

「うむ、存じておりもうす」

それだけを象二郎は答えた。先代が深くつき合っていたなどと、余計なことをいう必要はない。

「昨日三船どのは、関の孫六は購って遠藤家に進呈したといわれた。本物の関の孫六は奈納津屋から購ったのではないのか」

「いや、奈納津屋ではござらぬ」

強い口調で否定した象二郎を、佐之助がじっと見ている。

象二郎は落ち着かない気分を味わった。冷静になれ、とおのれにいい聞かせる。

「どこで購ったか、やはり教えてはもらえぬのだな」

「さよう」

「実は昨夜、奈納津屋を訪ね、あるじに会ってみたのだ」

目の光を幾分か和らげて、佐之助がいった。これは奈納津屋の文に記されていたことだ。象二郎に驚きはない。

「それで」

「あるじの甲兵衛に会って、この店は実に怪しい、とそれがしはすぐに思った。なにかを隠しておる。――ところで三船どのは、遠藤家の御簞笥番が殺されたことを存じておるか」

「なんと。それは初耳でござる」

象二郎は大仰に驚こうとしたが、それはできなかった。わざとらしく見えてしまうことのほうを恐れたのだ。

「なにゆえ殺されたのでござろう」

話がどういう方向に向かっていくかわからず、象二郎は慎重なきき方をした。

「御簞笥番は関の孫六の本物と偽物をすり替える役目を担い、そして口封じに殺された。それがしはそうにらんでおる」

象二郎はごくりと唾を飲んだ。まさしくその通りだ。

「三船どのは、采謙という男を存じておるか」

いきなり話が飛んだが、これにも象二郎はぎくりとした。

「いや、知りもうさぬ」

なんとか冷静に答えることができた。

「さようか。この采謙という者は偽の刀剣を売ることを生業にしている。すばらしい腕の刀工を抱えており、偽物といっても精巧だ。素人では見分けがつかぬ。おそらくこの采謙と奈納津屋甲兵衛はつながっておる」

「なんと」

話が思いもしないほうに行き、象二郎は本気で目をみはった。

「おそらく、奈納津屋は三船どのが遠藤家に関の孫六を進呈したことを知り、悪心を抱いたのだ。横取りしてやろうと思ったのだな。そして商売上、深いつながりのあった遠藤家の御箪笥番に大儲けの話があると持ちかけ、本物の関の孫六を遠藤屋敷から持ち出させた。そのときには、すでに采謙から偽の関の孫六を購入してあったのだな。御箪笥番にそれを遠藤家に持ち込ませた。その上で謝礼を餌に御箪笥番を呼び出し、殺した」

言葉を切り、佐之助が一息入れた。

「実のところ、それがしは三船どのを疑っていたが、御箪笥番は実に下手な刺され方をしておってな、苦しみながら死んでいったのではないかということだ。そのことは、懇意にしている町方から聞いたのだ。俺のみるところ、三船どのはかなりの腕前だ。下手な刺し方などするはずもない。殺ったのは素人だ。奈納津屋しかおらぬ」

確かに邦三郎は腕がいいほうではない、と象二郎は思った。だが、それがまさかいいほうに転がるとは考えもしなかった。象二郎は邦三郎に感謝したくなった。

「話はこれで終わりだ。それがしは三船どのに謝りに来た。それがしが疑っているのを三船どのは見抜いたはずだ。悪いことをしたと思ってな」

「いや、謝罪をされるようなことではござらぬよ」

まだ油断はできないが、どこか余裕の出てきた口調で象二郎はいった。

「それは重畳《ちょうじょう》」

安堵したように佐之助が薄い笑いを見せた。

「まだ確実な証拠をつかんでおらぬゆえ、今日というわけにはいかぬが、明日の朝にでも奈納津屋には町奉行所の捕手《とりて》が踏み込むことになろう。遠藤家に進呈したはずの本物の関の孫六が、あの店にはあるはずだ。あるじの甲兵衛が関与した動かぬ証拠というやつだな。——おっと、調子に乗ってしゃべりすぎたようだ。今のはすべて他言無用に願いたい」

真剣な顔で佐之助がいう。

「もちろんでござる」

「では、これで」

強い光を目にたたえた佐之助がすっくと立ち上がり、部屋をさっさと出ていく。

母屋を出た象二郎は、路上に出た佐之助を門のところで見送った。

——まずい。

背中を冷や汗が流れていく。

町奉行所に踏み込まれたら、いくら奈納津屋が誠実で口の堅い男でも、すべてを話すしかなくなるだろう。

そうなる前に手を打たなければならない。象二郎は肩を張り、瞳に力をみなぎらせた。

手は一つしかあるまい。奈納津屋に黙って死んでもらうしかない。

甲兵衛は自害に見せかければよい。すべての罪を奈納津屋甲兵衛に着せてしまうのだ。

生き残る道はこれしかない。奈納津屋とは信頼の絆で結ばれていた。甲兵衛には恩義もある。

だが、主家を守るためだ。

なにごとにも犠牲はつきものなのだ。仕方あるまい。

門のところにたたずんで、象二郎は暗い決意を固めた。

「どうかされましたか」

後ろからきいてきたのは、邦三郎である。

「いや、なんでもない」

振り返り、微笑を浮かべて象二郎は答えた。

だが、邦三郎は気がかりそうな表情を消さない。

この男、と象二郎は邦三郎をじっと見て思った。うまくやらねば、またあとをついてくるのではないか。

今夜は単身でなければならぬ。もし邦三郎がついてくるようなことがあれば、気絶させてでも一人で行かねばならぬ。


深夜の九つ過ぎ。

塀によじ登り、路上に人けがないことを見計らって、象二郎は飛び降りた。ほとんど音は立たなかった。

邦三郎は象二郎の行動に気を配っていた。だが、まさか象二郎が塀を乗り越えるとは思っていなかったようだ。

闇の中、象二郎は提灯もつけずに早足で歩いた。後ろをついてくる者はいない。やはり邦三郎は気づかなかったのだ。

半刻後、象二郎は巣鴨原町二丁目の辻の端に立ち、奈納津屋の看板を見上げていた。

あたりはずいぶん暗い。

手を伸ばし、象二郎は自らの頬に触れてみた。また今夜もひんやりとしている。幸いにも雲に隠れて月はないが、もし月光に照らされていたら、また青白く見えていたのではあるまいか。

気配をうかがってみたが、店には人けが感じられない。だが、確実に甲兵衛はいるはずだ。女房も一緒にいるだろうが、ともに死んでもらわなければならない。

罪を苦にして甲兵衛が女房を殺し、その後、自ら命を絶つという図だ。

象二郎は大きく息を吸い、気持ちを落ち着けようとした。しかし、うまくいったとはいいがたい。それでもかまわぬ、と象二郎は思った。今夜やるしかないのだ。

よし、行くぞ。

象二郎は戸口の前に立ち、とんとんとひそやかに叩いた。応えはない。この刻限だ、無理もない。もう一度、象二郎は叩いた。

無理に戸を押し破り、押し込むことも考えないではなかった。押し込みに見せかけて、この店にあるはずの金を奪う。当然のことながら関の孫六をはじめとする名刀も強奪することになるだろう。金目当てよりも、むしろ名刀目当てとするほうが、自然だろう。だが、その後、手に入れた名刀をどうするか。売ることはできない。売ればすぐに足がつく。屋敷に置けたとしても、楽しむことはできない。もし屋敷にあることが露見したら、目付に捕らえられることになるだろう。押し込みの仕業と見せかけるには面倒なことだらけである。やはり自害に見せかけるのが、最もよい手立てなのだ。

しばらくすると、店の中で明かりがついたのが見えた。静かに臆病窓が開く。

「どちらさまですか」

臆病窓から外をのぞいているのは、甲兵衛である。

「わしだ」

甲兵衛の顔を見て、象二郎はさすがにどきどきしてきた。胸が痛いくらいだ。

「三船さま。いかがなされました」

わずかにおびえたような声で甲兵衛がきいてきた。

「こんな遅くにすまぬ。急用ができた。開けてもらえぬか」

「しかし」

臆病窓の向こうに見えている二つの目には、戸惑いのようなものが浮いている。

よほどこのわしの顔が恐しく見えているのではあるまいか、それも仕方あるまい。わしは今、鬼になっているのだ。

「頼む」

表情を和らげようとしたが、顔がこわばってうまくいかない。

「わかりました」

臆病窓が閉まり、さるが外された。

くぐり戸が開き、どうぞ、というかたい声が聞こえた。

「失礼する」

身を入れ、象二郎は土間に足を踏み入れた。相変わらずどこかかび臭い。だが、このかび臭さも今宵が最後だ。

くぐり戸を閉めた象二郎は、甲兵衛の前に立った。土間の隅で行灯が音もなく炎を揺らめかせている。

「急用とはいかがなされました」

喉仏を大きく上下させて甲兵衛がたずねる。

「どうした、奈納津屋、震えているのか」

「いえ、そのようなこともありませんが」

「奈納津屋、女房はおるか」

「は、はい、おります。奥で寝ております」

「そうか。——すまぬ」

どん、と象二郎は甲兵衛に当身を食らわせた。うっ、とうなって甲兵衛があっけなく気絶する。

甲兵衛を自死に見せかけるのに、刃物を使うわけにはいかない。刃物のほうが手っ取り早いが、急いでいいことはない、と象二郎は冷静に判断している。町人が自死するときは、たいてい首をくくるものだ。

目を上げ、象二郎は奥を見た。女房が出てくる気配はない。先に、寝ている女房を殺したほうがよいだろうか。

いや、手近の者から順に始末していったほうがよいだろう。

甲兵衛の体を狭い式台に横たえ、乗りかかるようにして象二郎は首を絞めにかかった。

まず甲兵衛をくびり殺し、その後、女房を刺し殺す。さらに甲兵衛を欄間《らんま》に吊すのだ。

それですべては終わりである。なにごともなかったかのようにこの店をあとにし、屋敷に戻ればよい。

甲兵衛の首を絞める手に、象二郎は力を込めた。一気に首の骨を折ってしまうつもりだった。

だが、いきなり腰のあたりに強烈な衝撃を感じ、土間に転がった。なにが起きたのか、さっぱりわからない。

誰かがぶつかってきたのか。首の痛みで、頭がくらくらする。

頭を何度か振って、象二郎はようやくしゃんとした。はっとする。目の前に、人影が立っていた。

行灯の明かりに、横顔がうっすらと照らされている。むう、と象二郎の口からうなり声が漏れた。

「――倉田佐之助」

無言で佐之助が顎を引いてみせた。

どういうことか、すべてを覚り、くっ、と象二郎は奥歯を嚙み締めた。

「罠かもしれぬ、とは思っていた」

押し殺した声で佐之助にいった。

「そうだろうな」

佐之助が肯《がえ》んじる。

「だが、おぬしには選ぶ道は、ほかになかった。ここに来て、奈納津屋甲兵衛を絞め殺し、女房を刺し殺すしかなかった」

その通りだ。とにかく奈納津屋の口を封じるしかなかったのだ。

腰を落とし、象二郎は刀の柄に手を置いた。

「やるのか」

冷ややかな声で佐之助がきく。

「むろん」

腹に力を込めて象二郎はいった。

「なんのためにやるのだ」

不思議そうに佐之助が問う。

「主家を守るためだ。おぬしを倒し、甲兵衛と女房を殺せば、主家は安泰だからな」

「そんな考えは、愚かとしかいいようがない」

「愚かなものか」

顔をゆがめて象二郎は叫んだ。

「それが主家に仕える侍というものだ。浪人風情のきさまにわかるものか」

「本物の侍がどういう者をいうのか、おぬしと論ずるつもりはない」

じろりと瞳を動かし、佐之助が象二郎をにらみつけた。

「ただし、おぬしの所業は、侍がどうあるべきかをいう前に人としてどうかしておる」

一瞬、佐之助の目に闇色の光がよぎっていったのを、象二郎は見た。この男も暗い過去を背負っているのではないか。

だが今は、そのようなことはどうでもよい。

とにかく、と象二郎は思った。この男をまずは倒さねばならぬ。こんな男の妄言に耳を傾ける必要はない。

「三船象二郎、俺が一人で来たと思っているのか」

いい放って、佐之助がちらりと目を横に流した。その眼差しの先に、一人の侍が立っていた。

あっ、と象二郎の口から声がこぼれ出た。

「遠藤信濃守……さま」

奥の板の間に立っているのは、紛れもなく本物の遠藤盛定である。

「三船、このようなことになって残念だ」

哀れみの目で象二郎を見て盛定がいった。

その言葉を聞き、すべてが終わったことを象二郎は知った。

「このままではお家が……」

つぶやきが象二郎の口をついて出た。途端に頭に血が上った。象二郎は刀を抜き、式台に跳び上がるや盛定に斬りかかった。

だが、盛定の前に立ちはだかった影があった。佐之助である。刀は抜いていない。

「死ねっ」

佐之助に向かって象二郎は袈裟懸けに刀を振っていった。

だが、刀は空を切った。しかも、そのときには佐之助の姿が視野から消えていた。

――どこに行った。

捜すまでもなかった。佐之助が再び目の前にあらわれたのだ。

象二郎は引き戻した刀を振り下ろそうとした。しかし、またも佐之助がいなくなった。

ほぼ同時に、横腹に強烈な痛みを象二郎は感じた。

――斬られた。

やられてしまったのだ、と象二郎は思った。体から力が抜け、どうと音を立てて土間に倒れ込んだ。

まだやれる。

刀を手に、象二郎は片膝を立てた。眼前に人の気配を感じ、顔を上げると、目の前に男がしゃがみ込んできた。涙に暮れている。

「どうして……」

悲しみに満ちた声を、喉の奥からしぼり出したのは甲兵衛である。

「奈納津屋、気がついたか」

甲兵衛の顔を見て、象二郎は刀を放り投げた。がしゃん、とうつろな音とともにに土間をわずかに転がった。

「奈納津屋、わしはおぬしを殺す気であった。主家と主君を守るためと信じておった。だが、おぬしの顔を見て、わかった。わしはまちがっていた」

いえ、と涙声で甲兵衛がかぶりを振った。

「御家大事という三船さまのお気持ちは、手前にもよくわかります」

甲兵衛はおびただしい涙を流している。顔がぐしゃぐしゃになっていた。

この男を殺さずに本当によかった、と象二郎は思った。悪かったな、と心の底から甲兵衛に謝った。

象二郎は腰の脇差を引き抜いた。

「すまぬ」

脇差を手のうちで握り替え、象二郎は自らの喉に突き立てた。

痛みが走ったのも束の間、息がつまった。刃を横に動かす。また痛みが襲ってきたが、大したことはなかった。血が噴き出したのが知れた。

意識が遠のいていく。いつの間にか土間に倒れ伏していた。どこに脇差があるのかも、わからない。

殿、と象二郎は、図書之助の面影に呼びかけた。

どうか、どうか、生き抜いてくだされ。

死にゆく象二郎の今の望みは、ただそれだけだった。

象二郎は手を動かし、自らの頰に触れてみた。ひどく冷たく、青くなっているのがわかった。やはり顔の青さは死が間近いことを暗示していたのか。

そこまで考えたとき、闇が伸ばしてきた無数の腕に抱きかかえられたのを、象二郎は感じた。

四

それにしても、と直之進は思った。

こたびの佐之助の活躍はすばらしかった。

あの男一人で事件を解決したようなものだ。

こちらはほとんど出番がなかった。

大左衛門の警護とは名ばかりで、なにもすることがなかった。

正直、動き回っていた佐之助がうらやましかった。

だが、自分が大左衛門の襲撃事件のことを調べていたら、あれほど早く解決に導けたかどうか。

無理ではないか、という気がしないでもない。いや、同じようにやれたはず、という思いもある。

三船象二郎が自害してから、すでに十日ばかりたった。

いまだに岩清水家の処遇は決まらない。

しかし、いくら用人の独断でしてのけたとはいえ、取り潰しは免れないのではないか。

小日向東古川町の長屋の四畳半で横になったまま、直之進は思った。

三船象二郎という男は主人のためを思ってすべてをしてのけたようだ。直之進としても気持ちはわからないでもない。しかし、主家を持つ身だとしてどこまでやれるか、その線引きは、しっかりとしておかねばならないのではないか。主人のためだからと突っ走っていいものではあるまい。

岩清水家では、三船象二郎以外にも、一人の若党が自害してのけたようだ。

どうやら、その若党が波多野展兵衛を殺した張本人のようだ。三船象二郎に心酔していたらしく、あとを追ったのだろう。

五日ばかり前、その波多野展兵衛殺しの探索に当たっていた富士太郎が一人でふらりとこの長屋にやってきた。非番とのことだった。別段、用事があったわけではなく、ただ直之進に愚痴りたかったようなのだ。

波多野展兵衛殺しに関して、すべての手柄を佐之助に持っていかれたのがよほど口惜しかったらしく、ひとしきりぼやいて富士太郎は帰っていったのである。常に前向きな富士太郎にしては珍しいことだった。弱音を吐く相手として、直之進しか心に浮かばなかったのだろう。

よかったことといえば、大左衛門の目が本当に見えるようになったことだ。そのことが直之進はなによりもうれしい。奇跡といっていいだろう。両目に傷跡はひどく残っているし、目からかすみはまだ取れないそうだ。

それでも、失明を免れたのは心からよかったと思う。

大左衛門の体調が元に戻ったら、すぐさま例の学校の準備にかからなければならない。

まずは場所探し、そして教授方の人選だ。

やはり、大左衛門の根岸の屋敷では手狭すぎるということになったのである。

いい場所が見つかればよいが。

ふう、と吐息を漏らして直之進は薄縁の上に大の字になった。寒くもなく暑くもなく、ちょうどいい按配だ。

おきくはいつものように米田屋に行っており、直之進は一人である。

昼食は先ほどすませた。おきくが朝つくっていってくれたものだ。美味だった。おきくは包丁の腕をめざましく上げている。

そのとき直之進の耳は、長屋の路地を走る足音をとらえた。

ただならなさが感じられる。

足音がやんだ直後、どんどん、と障子戸が叩かれた。

「どなたかな」

だが、障子戸の向こうの者は名乗ろうとしない。

畳の上の刀を手に取り、土間に降りた直之進は気配を嗅いだ。障子戸の向こうにいる人物は別段、殺気を帯びているようではない。

直之進は障子戸を開けた。

思いもしない者がそこに立っていた。

このお方は、と直之進は目の前の女性《にょしょう》を見つめて、しばし考えた。富士太郎さんの母御ではなかろうか。名を田津《たづ》どのといったはずだ。

よほど急いで来たのか、田津は真っ赤な顔をし、荒い息を吐きながら、直之進に厳しい目を据えていた。
尋常ならざるその眼差しを受けて、直之進は立ちすくむしかなかった。

この作品は双葉文庫のために書き下ろされました。

双葉文庫

す-08-30

口入屋用心棒《くちいれやようじんぼう》

目利《めき》きの難《なん》

2015年5月17日　第1刷発行
2021年7月9日　第3刷発行

【著者】
鈴木英治《すずきえいじ》

【発行者】
箕浦克史

【発行所】
株式会社双葉社
〒162-8540 東京都新宿区東五軒町3番28号
［電話］03-5261-4818(営業)　03-5261-4833(編集)
www.futabasha.co.jp
(双葉社の書籍・コミックが買えます)

【印刷所】
株式会社新藤慶昌堂

【製本所】
株式会社若林製本工場

【表紙・扉絵】南伸坊
【フォーマット・デザイン】日下潤一
【フォーマットデジタル印字】飯塚隆士

ISBN978-4-575-66721-9 C0193
Printed in Japan